时光葳蕤

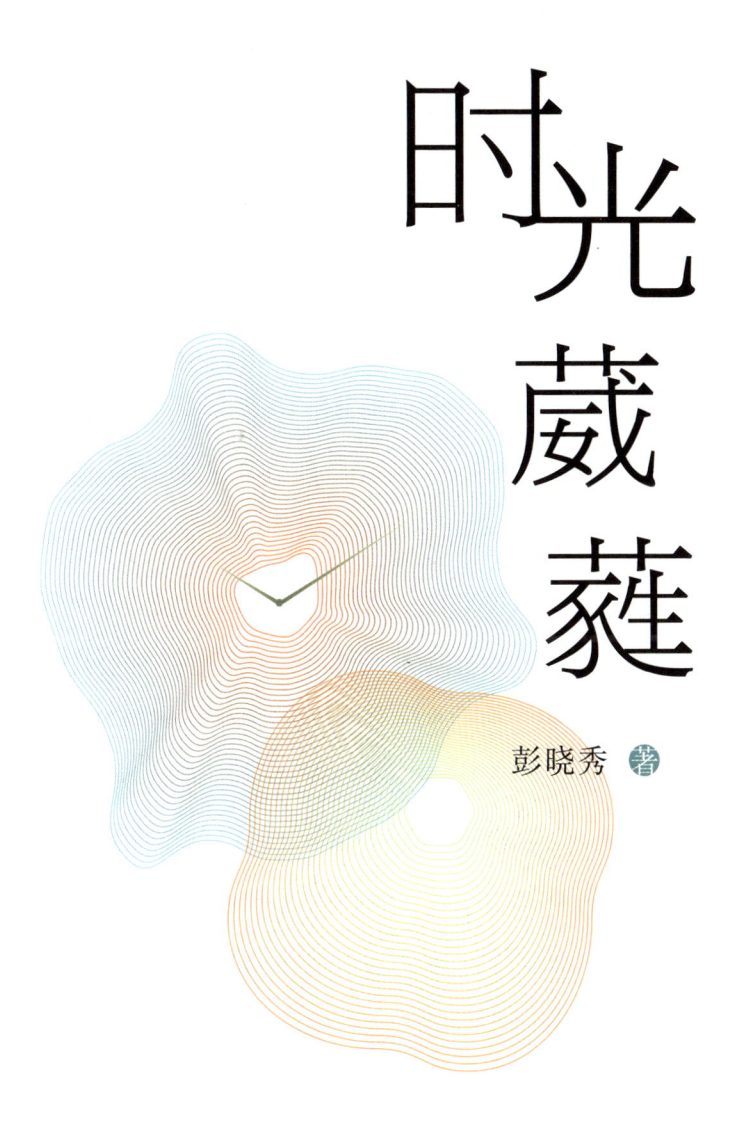

彭晓秀 著

花山文艺出版社
河北·石家庄

图书在版编目（CIP）数据

时光葳蕤 / 彭晓秀著. -- 石家庄：花山文艺出版社，2025.3. -- ISBN 978-7-5511-7005-5

Ⅰ.I267

中国国家版本馆CIP数据核字第2025QW8382号

书　　名：**时光葳蕤**
SHIGUANG WEIRUI

著　　者：彭晓秀

责任编辑：王安迪
美术编辑：王爱芹
装帧设计：圣立文化
出版发行：花山文艺出版社（邮政编码：050061）
　　　　　（河北省石家庄市友谊北大街330号）
销售热线：0311-88643299/96/17
印　　刷：成都新凯江印刷有限公司
经　　销：新华书店
开　　本：880毫米×1230毫米　1/32
印　　张：7.5
字　　数：156千字
版　　次：2025年3月第1版
　　　　　2025年3月第1次印刷
书　　号：ISBN 978-7-5511-7005-5
定　　价：62.00元

（版权所有　翻印必究·印装有误　负责调换）

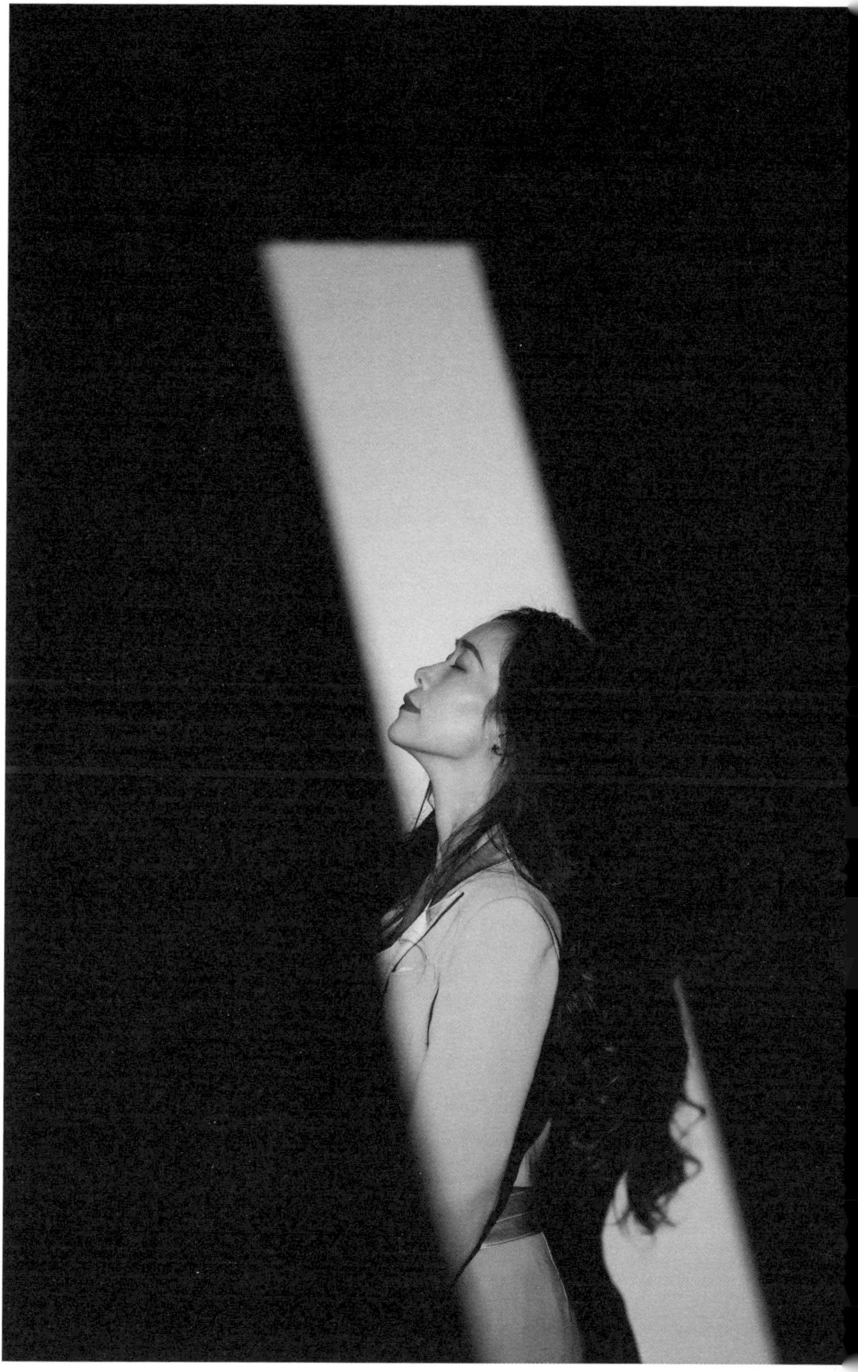

葳蕤，味甘、气平、无毒
亦指枝繁叶茂，永续绽放
女人，砺砺一生
都在面对性别与年龄
生活与自己的锤问
以柔之性，用韧之力
在时光中铿锵，在生活里思辨
我们抵御、磨砺、反击
也沉默、温柔、豁达
最终与一切无常和解

他序

致"80后"的中生代时光

孟子说:"人之相识,贵在相知。"人生如旅途,人来人往,你永远都不知道在哪一站将上来什么人,或许只是一位过客,或许是一位新朋友。无缘的飘过,有缘的长留。人生的维度不过如此。

报社来了位川妹

认识晓秀同学已经是2005年的事了。

那是一个秋天的故事。

我们报社重新启动生活化的女性周刊,招聘了一批年轻貌美的青春才女。筹备工作正在热火朝天地进行中,人力资源给我送来一位女孩,说是刚入职的,叫彭晓秀,湘潭大学新闻系毕业生。我打量了一眼,中等的个子,白里透红的脸,双眸明亮,眼里闪动着灵动的光芒,头发从发际线往后梳得溜光,把自身打扮得精致而整洁。

我的目光从她身上移开,向周边扫视了一下正在忙碌的记者编辑,她们个个都肤白貌美,阳光灿烂。此时,把这位晓秀同学往她们中间一扔,还真是"浓妆淡抹总相宜"啊。我心里顿时得到一份慰藉。因为我们将创造一份专事知性女性题材的刊物,自身的修为与天然的颜值均是一等一的重要,因为修为是涵养,颜值是自信。她们将来走出去,面对各色知性女性,不至于在颜值上输人家一等。

那天晚上,我们专门为晓秀同学的加盟举行了一场欢迎晚宴。那年头,长沙首开石锅鱼,厚厚的石锅里煎熬重口味的鳙鱼,除了辣,还有一些花椒的麻。晓秀同学是川人,这种特别的选择,也算得上是用心加精心了。个中自然是以最热烈的情怀欢迎她的加盟。

川妹撬动朋友圈

那年头,微信还没有出现,社交主要靠QQ。尽管QQ已经很时尚了,但它依然无法用现在微信的朋友圈来考量它的社会影响力。晓秀同学分到的版面是做情感。内容无非是用甜蜜的爱情与苦涩的离情来讲述女性的情感生活。我真不知道她从哪儿挖掘到各色情感故事，有时候是她亲自去采访的，有时候是读者投稿的。有缺稿时，有可能是靠"出卖"同学、闺蜜的情感生活来弥补的。但不管怎样，总是内容丰富，从不塌场。按理说，这样做下去，也就很满意了。但川妹的精神岂止是如此境界，她要做的是鲜活的、互动式的，而不是平静的、死水般的。于是，她在版面尾部留下的QQ号，自然"吸粉"。估计那些爱得死去活来又被无情抛弃的仙女们，就像瞌睡遇着了枕头一样，把晓秀同学当成了知心姐姐，蜂拥般去敲开她的QQ大门。进得门来，一顿狂泄，大倒苦水，才算是能重新活过来。可怜天！又有谁知道这位知心姐姐还是位黄花大闺女，自身还没有尝过爱情的滋味呢。我不知道，晓秀同学是怎样装出一副大姐大的形象，又是用怎样超出年龄和经历的语言来安慰那些受伤者的，但至少可以想象，绝对是一副教导主任般的形象和搜肠刮肚找出的正能量语言，把那些遍体鳞伤的仙女拯救回来，并丢她们一句"莫愁前路无知己，天下谁人不识君"的古诗，来显得高大上的。

互动在那个年头还没有成热词，但已经让晓秀同学在自己的圈子玩热了。开报的那年秋天，我们在长沙一个比较荒芜的小岛上做读者活动。由于报纸还没有形成很大的影响力，所以，每位编辑记者都被要求邀约自己负责版面的读者来参加。不是每个人都能成功地邀请到读者的，有的人可怜兮兮地扳着指头1、2、3……地算人数，而晓秀却淡定自若。

黄昏的荒岛被夕阳扫掠金色之后，渐渐地挂上了昏暗的夜幕。来的读者虽然达到了预期，但并没有人声鼎沸的效果。活动在有限的高潮中渐渐淡去，忽然，从夜幕深处，呼啦啦走来一群人，他们朝我们这边呼唤着，我们木然地望着他们，不知道这群家伙是来凑热闹的，还是来砸场子的。这时只见晓秀同学呼唤着朝他们跑去，两边的喧嚣顿时融为一体。此时，我明白了，那是晓秀拉的队伍。

"添酒回灯重开宴"，一场更加喧闹的狂欢，在晓秀的队伍加入后，重新燃烧了起来。

时光被她镌刻成雕版

汪曾祺说："一定要爱着点儿什么，恰似草木对光阴的钟情。"

时光嗖地一下过去了二十年。晓秀同学的人生也在这二十年的时光中发生了改变。

　　首先，她异地了。十几年前，她以正宗的川妹身份，回到了她的出发地——四川，在成都那块宝地上混得风生水起。时常以鲜活的姿态，出没于当地的时尚圈层，且极尽优雅不凡的气度。但也常常掩饰不住在职场打拼的疲惫和辛劳。她向我吐槽过，我也趁去成都的机会会过她。尽管透露着疲惫，却又能看出川人那种吃苦耐劳扛得住的精神在后面强烈地支撑着她。

　　再则，她把自己的时光都记录了下来。今年6月中旬的一天，她忽然告诉我，她把她多年来在公众号里码的文字和闲暇时埋头苦练写下的文字集合了起来，准备成书。随后便发过来一堆篇章。我正在穷游，疲惫当中，不时打开她的文章品读一番。还别说，真有点打了鸡血一样，看得有点入味。

　　她记录的是时光，时光中的自己，时光中的心灵，时光中的思考，时光中的坚强，时光中她的两个孩儿，还有蜀中的时光人物：为爱私奔的卓文君，成功打拼成中国第一位女企业家的巴清，女将军秦良玉，女状元原型的黄崇嘏。就连玩姐弟恋的鼻祖薛涛也被她安排到了她的时光里。

我说我在旅途疲惫中读她的文字没有读到眼皮打架，而是瞌睡全无，不是拣好听的说，是真实的感受。她有一篇讲到婚姻中的关系底线，讲的是正房被小三掺和后地位不保，最后被迫离异。但她告诉人们的是：爱情固然重要，钱也少不了。因为它"赋予你一日三餐，以及爱情之外一切的温暖和尊严"。

　　我无意去评价这种三观，我倒是想到她这位"教导主任"此时的情感开导更加实际，更加切合生活本真。不是有那么一句话："钱不是万能的，但没有钱是万万不能的。"

　　其实她的这本书，不是单纯的心灵鸡汤，更多的是如何正确地打开时光的密码，在时光中享受人生，感悟人生，驾驭人生。

　　此番，她要奉献的是"80后"中生代的时光力量。

石 冰

长沙晚报报业集团原《品周报》副总编辑

2024年7月2日于长沙竹塘

自序

给梦想一次上路的机会

每个人,尤其女性,我们大多经历过这样一个周期。

熬过了刚毕业时的战战兢兢和对社会各种无畏的横冲直撞,彼时,我们意气风发,以梦为马,快意江湖。

到自我认知被社会狠狠回击之后,变得成熟、世故,更多人终于活成了那个和自己当初背道而驰的模样。

再到后来,我们为人妻、母,索性连"自我",也渐被遗落。岁月前行,蓦然回首,才恍然,我们一路,遗落了太多太多的美好与珍贵。锋芒、棱角、骄傲、纯粹……

不知道,从哪一刻开始,你和我一样恍悟,时光不煮雨,岁月不缝花,它跑得飞快,眨眼之间,便将青春丢在了昨天。

某日清晨,透过洗手间内氤氲着雾气的镜子,注视着里面那张波澜不惊的脸,眼角开始有了浅浅的细纹,嘴角有了些许岁月的痕迹,双眼不再灵动……这堆五官凑在一起的那张脸,没有了生动,失了朝气。

不觉恍悟，哦，岁月，何曾饶过谁？

回首生命的上半场，我们一路奔波，整日忙碌，活成了老师眼里的好学生、丈夫心中的好妻子、子女心中的好母亲，甚至老板心中的好员工、员工心中的好老板……

那个叫梦想的东西，彻底败于赚钱养家、模范夫妻以及所谓的成功标配之下。

千帆未曾过尽，眼里却不再有最初的纯真，但依然应该有光。

总有一些东西，在我们疲于奔忙之际，一直就在那里，不消不散。

这个东西，抽象得扛不起我们的一日三餐，也撑不起我们的栖身之所，但那是唯一让你活得淋漓、过得酣畅、恣意横行于世间，且不觉辛劳、忘记疲惫的一碗鸡血。

它的名字，叫梦想！

请让我们轻轻地念出这两个世间最美好的文字。

　　面朝大海，春暖花开，

　　一个篱笆，两条狗，三只家禽，

　　四个人，五点星光，

　　农妇，山泉，有点田……

这些或大或小的梦想，将何以安放？

我想，终其一生三万多天的时间里，总要任性一次吧，那么把这次任性交给梦想吧。

前半辈子谋生，后半辈子我们谋爱、谋梦、谋人间欢喜吧！

此刻，没有早一步，也没有晚一步，给梦想一次上路的机会，用梦想来安放余生以及灵魂！

这本书，是我捡起来的数十年来的梦想，有琐碎的日常，有静心的思考，亦有一些感动和无端想起的过往，还有光阴的长廊里，一些在时间长河里个性又闪耀的女性带给我的力量。

我渴望与梦同行，
与烈马相持共道，
归来时山明水净，
卧榻畔枕梦入眠！

好吧，路并非没有尽头，来日也并不方长，让梦出发，多么快乐而又美妙。

目录
Contents

时光力量

- 002　百年芳华,从我想、我能到我主张
- 007　嘿,你该有种精神叫"不服"
- 012　几个女人,一场展览
- 021　从能言善道到闷声寡言
- 025　你的C位,与年龄无关
- 032　小虐怡情,大虐伤身

时光热爱

- 038　慢一点,灵魂才跟得上
- 043　请给那些一腔孤勇奔赴远方的人掌声
- 048　要么驾驭生活,要么被生活驾驭

050 ··· 一切变数，皆为引领
055 ··· 悦人先悦己
060 ··· 在凛冽岁月中把自己活成一把伞
067 ··· 有热爱有欢喜，中年不油腻

时光沉淀

074 ··· 感动这种情绪，就像生命里的盐
078 ··· 反消极，是每个成年人的必修课
083 ··· 忍一时越想越气，谁说善良不需要锋芒
089 ··· 生活除了远方，还有眼前的自己
094 ··· 收花是惊喜，送花才是浪漫

时光联结

100 ··· 二姐，从优秀到优雅
108 ··· 那个说走就走的朋友，是个侠女
118 ··· 人生哪有那么多观众
123 ··· 世界很大，何必以柔克刚

133 ··· 写一个一直不敢写的人
140 ··· 做一个美丽又优秀的姑娘

蜀女的品格

152 ··· 巴清：中国历史上第一位女企业家
163 ··· 卓文君：为爱私奔，行走的婚姻教科书
173 ··· 皇太后刘娥：从卖唱女到垂帘太后的奇女子
181 ··· 女校书薛涛：姐弟恋鼻祖，道袍了余生的人间清醒
192 ··· 女状元黄崇嘏：男装示人，一生洒脱
198 ··· 秦良玉：战功封侯，列入将相列传的女将军
209 ··· 状元夫人黄峨：势均力敌，用一生，爱一人

时光力量

百年芳华,从我想、我能到我主张

昨晚开会,讨论《百年影像女性志》的人物名单选择,拿着长长的名单,四个女子,从夜幕降临到凌晨灯火阑珊。我们一个一个念着那些名字,了解着她们的生平,倾听着她们的奋斗、勇敢、执着、坚忍、卓越、光芒、奉献……那些她们亲历的人生,我们旁观的故事,扑面而来,一寸一寸抵

达，激荡起每个人内心无限的力量。

在时光的隧道中，推开那扇透着微光的门，有清风吹过，伴着些许百花的香气，远远望着那一群曾经在岁月的长河里尽情绽放，唱着属于自己时代赞歌的女子，会情不自禁肃然起敬，泪盈于睫间，同时又被深深感染。

纵观百年来，中国女性的思想演变，会发现，这其实就是中国女性从"我想""我能"到"我主张"的演变与发展。

"我想"，是一种期待，是内心萌发的叛逆，是撕开束缚的力量。

只有敢想，才敢去做，亦才能做。

民国时期，男权依然是主流，一大批不被礼教束缚的女性，不再囿于一方小院，毕生最大的梦想不再是相夫教子、贤妻良母。她们开始大胆地掀开遮住女性探索外部世界的那道帘子，悄然张望，想活得精彩而热烈，想打破原有的边界，想去干一些男人们也能干的事儿。

比如，想要接受教育，想要获得经济独立，想要拿起法律武器，想要在运动赛场上驰骋……这些悄悄萌芽的想法，表明了第一批女性的觉醒。

于是我们看见，从姨太太到拿到官方奖学金留学法国的潘玉良，在雕塑艺术与油画艺术领域熠熠生辉。

从一直不被徐志摩所接受到无奈离婚，从依附婚姻到经济独立，成为中国首位女银行家的张幼仪。

我们还看见，中国近代第一位女律师郑毓秀，中国近代体育史上第一支女子足球队的组建者——女运动员陆礼华。

女性站出来了，站在了和男人同样的舞台上，这些先锋与榜样们，引领更多的女性去获取平权，获得工作的自由、教育的自由。

女性的觉醒，始于"我想"，壮大于"我能"。

当医疗、法律、教育、航天、物理等各个领域，女性可以与男性同样参与时，当初的始于"我想"的勇敢，渐渐变成了"我能"的自信。

我们不再安于参与，我们更想在各个领域成为杰出人物，担当、引领。

"我能"是一种绝对的自信，是一种勇于向前的责任，是敢于担当的勇气，更是一种实力。

从"我想"到"我能"，是女性在寻求平权的道路上，又一次的进步。

于是我们看见了许许多多的女性，站在历史的舞台上，用她们柔弱的肩膀，推动着科研、文化、教育、公益等各个领域的进步。

我们在这个时代看见了中国应用语言学之母、中关村明灯李佩。

世界羽毛球史上第一位集世锦赛、世界杯、全英赛冠军于一身的羽毛球皇后李玲蔚。

还有铁榔头郎平、孔雀舞皇后杨丽萍、中国居里夫人何泽慧……

那些名满天下，以一己之力，站在行业之巅、世界之巅的女子，开始在各行各业的舞台上熠熠生辉。

"我能"，是更多女性对自我强大的信心与信念。

当更多的女性，强大而自信起来，我们发现在历史的舞台上，女性渐渐拥有了许多无比珍贵的"自由"。

教育自由、恋爱自由、婚姻自由、生育自由、精神自由……

这是从"我想"到"我能"数十年间前仆后继奋斗而来的成果。

当这些"自由"从当初的遥不可及，变成了理所当然之后，更多的女性开始了新的漫漫征途。

女性，开始了新的思考，她们不再喜欢被他人定义，不喜欢被外界左右，她们活得洒脱而热烈，更喜欢这个世界"听我说"，由"我主张"。

"我主张"是一种态度，是独立思考之后去改变世界的力量。

当张宝艳创办的"宝贝回家寻子网"唤起了我们对拐卖、遗弃、流浪儿童的关注，当用教育改变大山女孩命运的张桂梅唤起我们对落后地区教育的关注，当李子柒让世界重新认识中国文化,当董卿用一个节目让国人重新爱上诗词,当董明珠让世界爱上格力造,当北斗女神王淑芳带动社会掀起北斗热⋯⋯

看见这一个一个距离我们如此之近,将"我主张"诠释得淋漓尽致的女性,你才会深深懂得榜样的力量与"圈粉"二字的突然而至。

那些披星戴月走过的荆棘风霜,终有一天,会变成承载他人赞美的底气和力量。

曾经我们拼命想要获取各种"自由"。而今,我们更想赋予别人"自由"。

从"我想"到"我能",再到"我主张",这便是百年芳华,女性之美。

女性,当坚忍,当柔软,当善良,亦需担当。

百年的岁月流沙中,太多铿锵玫瑰拥有闪亮的名字,她们独立、勇敢、自信、智慧,也温柔、善良、纯真、浪漫⋯⋯她们是光,是清风明月,她们奏响了时代的一曲曲乐章,看巾帼担当,铿锵玫瑰绽放。

嘿，你该有种精神叫"不服"

周末，朋友相邀到华山下一聚。

没有华山论剑，倒是有了一场女性该不该终生奋斗的温泉池舌战。

有缘结识几位来自帝都，事业有成，奔四路上依然风风火火、鸡血满满的女性。

晚上，山间清风徐徐，星光清冷，温泉池内几个女性天南海北地聊着眼下的话题。

某帝都姐，是个狠人。

她说，人生最大的快乐就在于不安于现状、不随遇而安。

从市级公务员到辞职创业；从开公司做到即将上市，到离开重起炉灶；从北方小城到青岛，再到上海，而后定居北京。

孟母还只有三迁，她更狠，到如今已经是四迁。每换一个城市，都是举家搬迁，仿佛搬个家就跟我们拎包出趟差一般轻松随意。

她说，在小城市，你有份稳定的工作，出门三米必能遇见跟你打招呼的同事、朋友、邻居，你的天空就是你能见到的尺寸。看似很大，其实只不过因为你在井底。

去往更大的城市，看见更大的天空，你才会发现个体的渺小，你还有向上的力量。

说实话，作为一名巨蟹女，我打心底里佩服、欣赏她这种带着孩子越飞越高，一路直奔向祖国心脏的勇气。从此海阔天空，鱼翔浅底。

她这种奋斗精神，我也仅仅是敢在心底点赞，若付诸行动，那是定然没有勇气的。

女人，一旦开始无限接近四十这个年龄，发生变化的不仅仅是身体，还有心态。

身体上，眼看着之前怎么吃都不胖的身材，逐渐在腰间长出了赘肉。

新陈代谢这个东西会提醒你，岁月不饶人。

二十几岁的年龄，随便熬个夜，第二天依然能生龙活虎。而今，稍微晚睡，便需好几日方能缓过劲儿。

眼角的细纹，头上突然冒出的白发，还有练个瑜伽拉伸都痛得眼泪汪汪的胳膊与腿，都在提醒你，与时间和岁月抗争，抵抗无效。

心态上，在奔四最后的旅途上，看吧，女人对情感不忧亦不惧。该爱的都爱了，不该爱的……都算了。

人生奔流到此，友情是所剩无几的。能够志同道合的要么是可以一起搞钱，要么是可以一起喝酒，间或帮忙互相带娃的。

这个年纪，经历了前半生职场情场的冲杀，负伤浴血的，此时伤口也结了疤，对于冲锋陷阵，对于职场鸡汤，具有了天然免疫力。

一帆风顺的，更是从生儿育女、婆媳关系的激流险滩来到了大江大河，日子平静舒缓，并没有什么新的乐趣。

对于为社会主义事业奋斗终生这件事儿，大多也就选择已经燃烧过青春，不妨从此就岁月静好了。

对于我们这套佛系言论，帝都姐愤然反驳。

温泉的水汽氤氲，她仿若演讲般激昂。

女人要不要终生奋斗？别人怎么觉得我不知道，在我这里一定是肯定的，生命不休，奋斗不止！

日本百岁老人柴田丰说："即使是九十八岁，我也还要恋爱，还要做梦，还要想乘上那天边的云。"

我反而觉得四十岁到五十岁是最好的奋斗年华。你看，这个年龄，娃基本只需要你操心他的学费和一日三餐。夫妻关系基本稳定，该离的都离了，不想离的也都凑合了，不想凑合的也将就着凑合了。你有大把的时间，无须瞻前顾后，去为事业奋斗。

职场上经验丰富，资源也已经积累，那些踩过的坑、流过的汗都将变作你此时继续奋斗的助推剂。

每个女人，终其一生都需要有一种精神，叫不服！

不服岁月，不服平庸，不服社会强加的"就这样吧"的标签。

本来已经习惯了开始喝鸡汤的我，突然被这一碗鸡血点燃。

"不服"二字，多么让人热血啊。是啊，我们为什么要服呢？

毛姆在《月亮与六便士》里有这样一段话："我们都有选择一生中想为之努力的东西的自由，这种自由只取决于我

们自己，与其他任何东西无关。"

想做人间富贵花，那就满身铠甲拼杀下去。

岁月，时间，年龄，不过是自己强加给自己的枷锁。不服这股劲儿，不仅仅是青年，人人都应该具备，终其一生，都有这股劲儿，那才可贵。

那些一腔孤勇，一直与岁月负隅顽抗的女性，她们才是活得痛快淋漓快乐无边的吧。

致敬，"不服"的你们，还有自己！

几个女人，一场展览

文艺捡到了一只鹦鹉，绿得发光的羽毛，缨红的嘴，细细的爪子，踩在肩上，不屑地看着我们这一群叽叽喳喳围观的女人。

我们问她，这可爱的鹦鹉叫什么名字？

她叫"绿码"，母的。

嗯，那是2021年岁末，从此绿码成了我们展览筹备现场的团宠。

在一个三天两头不能出门的时间段里，我们要策划一个盛大的展览，简直就是无畏又无惧。

2021年是全球女性平权运动100周年，11月的某天，媛媛、我、文艺、房子，几个女人坐在天鹅湖畔里格艺术馆的长椅上，喝着咖啡，看着远处，时不时飘落的黄叶，打着圈儿慢悠悠地落在湖面上。

零落成泥碾作尘，特别宿命。

我们同时感叹，作为一个成都女人，在这样一个为女性发声的重要年份里，是不是需要折腾出一点声响。

媛媛提议，那不如就做一个展览吧。

我想之前我和佳佳一起做过百年百位系列女性力量的专

题，这一次，我们索性也就做一个百名女性影响力群像公益展吧。

嗯，那一刻，我们四个人突然热血沸腾，快速地拿出笔记本，开始了思考、分工。不在现场的老周连线说，随便给她分工，这件事情值得去做。

风从湖面刮过，卷起了掉落的叶，轻舞飞扬。

一个下午，四杯咖啡，从午后到黄昏，我们定名字，想脉络，定嘉宾。至今不能明白，当时怎么就会有如此大的一股力量，推动着我们，光着脚丫就敢往前冲。

一个晚上，媛媛就根据讨论写出了整个策展的方案，名

字就叫《时光葳蕤——全球百名女性影响力群像公益展》。

我们想邀请全球一百名有影响力的女性,用她们的影像,做一场群像展。女性代表涵盖教育、文化、医疗、科研、商业、公益、农业、体育等各个领域。

能到现场的嘉宾,我们都为她拍摄一张黑白光影交错的现场照,妆容精致,服装适宜。黑白的光影变幻中,我们看见每个女性都展现出柔软但有力量的美。

除了展览,还在全国五个城市同步举办五场女性力量的论坛。参与的嘉宾越来越多,规模也越来越大。

那是在灰暗日子里一场怎样的盛事呢?

整个成都的朋友圈都在被这一场展览刷屏。各大商场的大屏幕滚动播放展览的海报,百度百家号的展览专栏互动话题刷到了一千四百多万……

半个多月的时间，持续拍摄。每天我们都会与十几位来自不同领域的优秀女性对话，从进门那一刻，到她们在镜头前以不同角度展示自己的美。

她们当中有以她的名字命名小行星的女科学家、羽毛球世界冠军，有全国三八红旗手，也有活得热烈向上的残疾女性、享誉全球的女作家，还有成就斐然的一代和二代企业家。

每次拍摄结束采访时，都能被一种力量震撼。

这种震撼是什么呢？是拍摄时镜头前她们肆意的笑，是回眸时她们那闪亮坚定的眼神，还是偶尔放下时如孩童般无忧的笑？

我想，那应该是千帆过尽，依然如故，对美的热爱和对善的追寻吧。

抛开了那一长串别人眼里成功者的社会身份，放下滤镜和各种光环，回到最初，还原女性视角下的美丽、美好、纯真、善良。

懂得自我定义，既做个美人，也做个美好的人。

每次拍摄结束，她们都会回答同一个问题："你理解的女性力量是什么？"

是上善若水，水利万物而不争。

是韧性，随时迎接苦难，但总能迎风飞舞，不抱怨，不放弃，不妥协。

是二十自立，三十随意，四十美丽，五十还有小欢喜，余生皆可期。

是抬头有勇气，低头有底气，既有随处可栖的江湖，也有追风逐梦的骁勇。

是我生以悦我，忠于自己，尽情绽放。

是保持一生进化，努力使自己成为自己，也允许他人做他人。

....

她们讲述自己的故事，讲述对女性力量的理解，我们把这些优秀女性的故事用文字和镜头记录下来，把这些故事讲给更多人听。

最辛苦的一群人是我们，但最大的收获者也是我们。每天短短几个小时，你便阅尽了别人走过一生的经验、经历和思考。每一天都仿佛在被照亮，而那些力量便是源源不断的光。

展览开幕那天，比我们想的更加热闹。

这一场本来只是五个人突发奇想的展览，源源不断地接收到了更多力量的汇聚。媒体人其丰、老钟、促进会贾老师、策展人Tracy……

还有各种活动赞助商纷至沓来。

我想，如果我们所表达的是女性力量，那么我们这群不计回报奔赴的人，便是对女性力量最好的诠释。

展览当天一百名女性嘉宾的巨幅影像，被陈列在四个展厅。不同年龄、不同身份的女性在影像中,展示着女性的柔美,也表达着对美的定义。

飘逸的发丝,摊开的长裙,裙后的光影,或动,或静,或拥抱,或仰望……女性的多变,是张弛有度,散发着多种魅力,天然地幻化成了艺术品。

观展嘉宾越聚越多,从北京、上海、深圳,从全国各地远道而来。

展览的"时光沉淀"单元里,现场还原了世界杰出女科学家、古脊椎动物学家、中国科学院院士张弥曼院士的工作场景。老旧的桌椅、眼镜、论文稿与化石,无声地向观展者展现一位了不起的科学家的工作日常与杰出成就。这是后来加入的老钟,从不同地方,花费了很多力气收集,在展览开幕前一天才布置完成的。

"时光联结"单元里,由摄影师打造了一处光影空间,身处变换着冷暖色调的光影空间让人思绪涌动。黑与白的力量交融,却因交替的冷暖色调而有着更多变的可能,传递出女性内心丰富的张力。观展者也可以在这一空间里,借由光影之美,领悟"汇集善与美,成为爱与光"的展览主题。

最艰难也最惊艳的是,在展览即将开幕之前,与WHOOM 5.一起打造的装置艺术。不同颜色的香氛蜡烛,经过燃烧,在视觉与味觉上呈现出一组"葳蕤之境"。

清澈柔韧的果冻蜡和温和的大豆蜡等不同蜡材,搭配沉静的紫蓝色调来诠释"你当温柔,且有力量"的女性特质。

燃烧的光影是时光的见证，而喷涌的色彩，是她们乘风破浪姿态的展现。再将自我释放的烛泪化为土壤，滋润着女性内心的浩瀚世界，花草茂盛，葳蕤生香。

一人一花，一花一她，"葳蕤之境"因她们的独立勇敢芬芳满溢，而灼热以后的时光流逝，是她们生命不同阶段熠熠生辉的光芒。

一个下午的念头，不到一个月筹备，一百位嘉宾成为画中人，成为这次展览的主角。

那场艺术和美的盛事，成了2021年岁末，最艳丽斑斓的光。

而我们也懂得了，有些事情，不要仅仅停留在一个念头，纠结于困难，以及反复纠缠于这个方案够不够完美。而是要敢于出发，因为，你要的，答案都在路上。

随后在全国共同开启的五场女性力量论坛，也在艰难中落地。和万科得到中心一起举办的"时光葳蕤，人生由我"主题论坛在晚上举行，整个大厅里座无虚席。

第一次聆听本次展览百名嘉宾之一的何师烧烤创始人碗均讲述她的故事。一身宽松的白裙，白色的草帽。嗓门高亢，笑起来十分敞亮。她说自己是天生励志，最不务正业的女老板。

她开始讲述时，才知道其实她的命运真的称得上多舛。

因为身体原因，有六次与死神擦肩而过。她说起这六次经历，仿佛在讲述别人的故事，那不是苦难，而是幸运，每一次命运都在最后踩了刹车，给予自己优待。能把那种生命差点戛然而止的危险，换个角度说成是命运馈赠的人，该是有多么强大和乐观。

说起企业经营，是从不停止创新，也是数十年的用户至上主义，还有对员工像家人般的企业文化。

当时辞去公职创业，并非她自己所愿，而是为了挽救有血液病儿子的生命。为此，她也成了四川省无偿献血宣传大使，组织了全国民企献血公益联盟。现场她积极喊出了口号，让大家一起加入无偿献血队伍，无数人被感动，也跟随她的脚步，成了献血联盟的一员。比如数天后，我就看见了希希带着公司员工和碗均一起献血的朋友圈。

这是影响的力量吧。

碗均的乐观或者韧性是不被任何风雨打倒,永远微笑面对每一次命运的突然袭击,一如她的口头禅——Day Day Up。

什么是女性力量呢?这不就是最标准的答案吗?

两年以后,有一位参与了展览的嘉宾,突然给我打电话,说当时我写的展览邀请词,她一直保存着,并且背了下来,在下午的某个聚会,她把这段词说给了其他人听。她觉得这段词,带给了她很多美好的力量。

感谢你的懂得和记得,那些没日没夜的日子,突然更加值得,哪怕是在许久以后。

突然很想念那一群人一起为了一件事情全力以赴,不留余地的日子。摊开掌心,我们五根手指彼此独立;握紧手掌,亦可凝聚成拳。

老了以后,我们在月光下,要摇着扇子,把这个故事讲给后辈们听。

开头第一句,就是,想当年……

从能言善道到闷声寡言

中秋节快要到了,和几位老同学约在一起聚聚。

席间欢声笑语,齐聚一堂的老同学们聊得很开心。想当年总是谈论关于成功与理想的话题,而现在,除了家长里短,只剩下商业化的嘘寒问暖。

晚上,伴着斜风细雨,晚宴结束后大家各自告别离开,仅有同学燕子在原地踌躇。

同学燕子在我的印象里是个女强人,做任何事都亲力亲为。高中时,她就是班里的劳动委员,每一次打扫卫生,都会帮忙。除此之外,她的好胜心也极强,每当考试发放成绩时,只要成绩稍微不尽如人意,她总会躲起来,哭得无声又孤独。

哭完以后,擦干眼泪,比之前更努力、更勤奋。

她说,人生最好的活法,就是能享受当下,控制欲望。前几年毕业后,她选择了创业,家人也表示支持。在家里财力、人脉资源的帮助以及她自身的拼搏下,公司运转得还不错。可她不甘现状,觉得自己值得拥有更好的。于是扩大规模,对外投资,最后公司自然不堪重负,濒临破产。

也正是那段时间,她才明白不能把"欲望"看得太重,否则会因此迷失自己。学会及时止损的她,从"欲望"里醒了过来,开始去繁就简,近几年终于转亏为盈,公司也渐渐有了起色。她说,还未曾见过大世界时,来者不拒,什么都想要;当认清这个世界后,反而意识到眼前的一切,虚而不实,风一吹就散。

欲望越大,到最后越容易遍体鳞伤。人人都在说,比你优秀的人,比你更努力,再不努力就老了。然而,我们真的要一直赶路,不问前方吗?

我一直相信,欲望是人人都有的,但要如何掌控欲望,不让它左右自己的决定,才是成年人应该终身学习的。控制住内心欲望的人,反而活得更自由些。

燕子是个相对理性的人,善思考,愿学习。这些发光点总是能给我带来正向的能量,让人喜欢和她坐下来多聊一会。我也尝试着问她,难道人就不能有欲望吗?她的回答是，没有人会无欲无求，这是前提。关键的不是去寻找欲望的根源，而是要将不切实际的念想扼杀在摇篮之中。当我们能够掌控自己的贪念，便不会被欲望所牵制。我很赞同这种说法，一个人活得好与坏，主要与生活态度有关。

是好高骛远还是活好当下，全靠自己的抉择，别人没办法帮忙。但要明白，不当的欲望，将以最快的速度带你奔向最深的谷底。学会寡欲，是永葆清心的最好方法，活得轻松自在。人越往前走，年龄越大，也越能明白一个道理：人这一生，不需要多华丽奢侈，简单朴素即可。

突然想起和另外一位朋友张女士的聊天，那次的聊天充满了争论，相比起和同学L聊天的平淡，那次的讨论充满了"火药味"。我们围绕着"话多好，还是话少好"这个话题争论不休。张女士本身就是一个非常外向的人，随时随地都能和陌生人迅速打成一片，妥妥的社牛。和她比起来，我显得偏内向。倒不是因为天生如此，而是在毕业踏入社会后，慢慢地明白了一些道理。进入职场后，反而变得沉默寡言，但我不认为这是坏事。寡言在我的生活中，给予了我很大的帮助。如果说人生是一场无声的磨炼，那么每一次的沉默，都是在摒除是非，减少"犯错"的概率。

古人云"沉默是金"，放到现在的社会里依然适用。无论是学校还是职场，沉默的人反而不容易犯错，你看古人说的话也有一定道理。年轻的时候，总以为见谁都能夸夸其谈、能言善道是一种能力。到了一定年纪，有了经历和阅历之后才发现，有时候一声不响才是最好的做法。有句话这样说："言多必失，祸从口出。"话多的人仿佛一直在河边走，不能保证哪天会突然湿了鞋。刚开始的自己，总是争强好胜，也年少轻狂，不知轻重，导致后来犯了不少错，得罪了不少人。后来才发现，原来不为展现自己，不去刻意竞争，其实会活得更好。最起码，会将更多的注意力集中在自己的身上，修身且自省。

就像王小波说的："从话语中，你很少能学到人性，从沉默中却能。假如还想学得更多，那就要继续一声不吭。"

某些时候，少说话代表的不是内向，而是一种有修养的表现。特别是在会议上领导讲话时、聆听长辈教诲时，沉默意味着尊重。想想身边成功的女性朋友，大多数都是谨言慎行的，她们有着独立的思想，注重于眼下的每一件事，既不浮躁也不自傲。如此看来，寡言不仅是一种行为准则，更是一个人更高的素质涵养。喜欢这样一句话："生命是为自己而存在，它是朴素而自然的事情，不是在众人之前的杂耍。"

人生苦短，本就是一个从简到繁、从繁到简的过程。

寡欲，活在当下，掌握自己的内心。寡言，稳重踏实，言出必定随行。寡的意义，不代表放弃一切，而是懂得精简式生活，抛去糟糠，只剩精华。同样，寡不等于孤独，而是一种认清自我的生活态度。

只有读懂"寡"字，才能在这个充满戾气的时代，平心静气过好每一天。

你的C位，与年龄无关

对于一个不追流量、不看热点，甚至娱乐圈很多明星的名字都傻傻分不清楚的人，听了《人物》举办的女性力量盛典上某刘姓女星的演讲，突然就喜欢上了这位坚忍鲜活的女性。

被打动的是这样几个关键词，中年叛逆女性、姐圈顶流。

我想让所有女性，被唤醒、被击中、被震撼的是新京报采访时，她说的一句话："我也不理解为什么会有'C位'这个词，任何一个演员或者歌手站在舞台哪个角落，都应该会发光。所以，无论我在舞台上站在哪里，永远都是'C位'。"

没错，我用了唤醒、击中、震撼这三个超级有力量的词汇。

你的C位，从来与年龄无关，与舞台无关，与你所站的位置无关。

你的内心有光，你对生活的"野心"一直都在，你对自己的要求足够高，你永远自信，你永远业务过硬，星光终将不负赶路人。

生活、职场,对中年女性,其实非常非常不友好。

生活中,有些人要求女性,既要能系上围裙做出满汉全席,又能解得了实数、倒数、相反数的问题,回答得了生产关系、经济关系、辩证唯物主义、历史唯物主义,分析得了"悦"的几种读法和意义以及象征、互文、对偶的用法;还要贤惠善良、情商满分,搞好婆媳关系、家族关系,维护好老师关系、朋友关系。同时,还要求女性容颜不老,身材妖娆;必须经济独立,赚钱能力不输男人。

而男人只要会赚钱，其他一切皆可不会，不用被要求，还能坦然被原谅！

职场上，三十五岁成了很多女性的一道坎。先不说，HR挑剔你已婚未孕，已婚会不会要二胎？更有很多企业赤裸裸地写出三十五岁以下的要求。再来看看官方数据，2019年，我国女性在高管类职位中占比25.4%。从全球范围来看，Catalyst近期的调研也指出，标普500的公司里，女性CEO的比例仅占5.8%。

那些曾经努力奋斗、曾经拼命向前的职场女性，要么败给了升职天花板，要么败给了年龄，四十岁以上的职场女性都去了哪里？

偏偏有一些女性，在这种对女性如此不友好的环境下，一直站在生活、职场还有人生的C位。

譬如，前面提到的某刘姓女星，曾经循规蹈矩，中年突然叛逆，一路活成了如今的姐圈顶流。

从小家教严格，学习成绩优异。中戏毕业，拍了几部大戏，事业正丰，偶遇爱情。于是结婚生子，蜕化成面目全非的贤内助。婚后七年，聚少离多，结婚照上明媚的笑并不是婚姻生活的全部，她按照约定俗成的分工，做了一名合格的妻子。

终于，在她三十七岁时，她选择结束婚姻，按照自己的意愿生活，四十岁时因为拍摄电视剧爆红，又迎来了自己人生的新高峰。

她用自己走过的路，告诉每一名女性，只要你坚定不移地依然愿意对生活充满热情，那么，每一天你都站在C位。

不是每一名中年女性都能活成她那样。但是我们可以从她的觉醒中，学习到如何活成自己的C位。

第一，梦想仍在，"野心"不灭。

某刘姓女星受邀参加了《人物》的演讲，主题是"中年叛逆"。

她说：既然循规蹈矩、随波逐流的生活没有给我带来预期的幸福，反而让我在本该神采飞扬的大好年华活得卑微而苍白，那就不如就做我自己，随心所欲地去生活中冒险，试试自己的极限到底在哪里？她说：今年43岁的我，不相信疲惫和麻木是中年的底色。

"因为身无分文，当你手心向上的时候，很多事情你做不了的！"

即便人生即将奔四，也依然不对生活妥协。

鸡蛋从外打破是食物，从内打破是生命。

要坚定地知道自己想要的是什么，梦想这个抽象的词，希望每个中年女性都依然还有，依然清晰，依然敢于倔强地拥抱。

"野心"不灭。这份野心，是目标，亦是动力。

这种梦想和野心，足以支撑着你能独自生活，足以支撑着你承受一切外来的风雨。

梁文道有句话：女人一定要有自己过日子的能力，要有别人没法拿走的东西。这很重要。

当你强大了，整个世界都会对你和颜悦色。

第二，自信发光，决不退缩。

王小波说："我希望自己也是一颗星星：如果我会发光，就不必害怕黑暗。如果我自己是那么好，一切恐惧就可以烟消云散。"

人到中年，经历过岁月的沉淀，领略过青春和纯粹，也拥有过生活的磨炼和浸润，一切便都有了。这种"有"，是聚集光芒与力量的。

要始终相信，你已经是最好的自己，无论在哪里，你即便站在角落，依然发着光，能被看见，是最美的C位。

别怕，别怂，别退缩，别闪躲。

站起来，你是一棵树。坐下来，你是一幅画。行走间，你是人间最美四月天。

某刘姓女星在演讲时说，参加《演员的诞生》，导师的位置上有师妹、师弟。这要在以前，绝不会让自己陷入这比较尴尬的境地。但是中年以后，经历更多，任何境地，自己都绝不闪躲，也没有任何不适。"我要让舞台下的你们，看到站在舞台上的我，我的这个个体，她在放光。我想听观众说，你看，她真的挺棒！"

自信是一个人的胆，拥有它，你将所向披靡。那些生活中扑面而来的苦难，皆可迎刃而解。

第三，与自律死磕到底。

人生就是一场好习惯与坏习惯的拉锯战，获得成功的可能性完全取决于好习惯的多少。

如果能把高效能的习惯坚持下来，就意味着踏上了成功的快车。

自律的女人，知道三十岁后新陈代谢变缓，脂肪囤积，皱纹横生，就像某许姓女演员说的一句话："你看上去是三十岁还是五十岁，这中间的距离，是懒惰与勤劳，是放纵与自控。"

某张姓女演员在录制《向往的生活》时，天不亮就起床，坐在门口练习瑜伽。她说这是一种习惯，不可打破。2017年，她还在美国旧金山和姐姐完成了21K马拉松全跑。

我们虽然不渴求如女明星一样，中年依然皮肤细腻，美如少女。但是起码，需要做到不要有松垮的肚腩、赘肉横生的腰身。

保持身材和健康，早早起床，各自精进，读书、写作、学英语、备考、跑步……

姐妹们，"与其临渊羡鱼，不如退而结网"。

随着年龄的增长，在岁月的洗礼之后，仍拥有优雅的身姿，健康的体魄，精致的脸庞，丰富的内心，睿智的头脑。

自律只会让你活得既美又贵。

第四，做个精致的利己主义者

我们爱家庭，爱孩子，很多时候，独独忘记爱自己。做一名精致的利己主义者，是女人该有的自觉。

这种利己主义不是指内心狭隘，骄纵地以自我为中心，而是你时刻懂得热爱自己。

某刘姓女星说在上海拍戏，进入酒店房间的第一件事情，就是把酒店的床品换成自己带来的床单被罩，把沙发铺上自己喜欢的花布，在床头柜上放一个小花瓶，插上一枝鲜花，在桌子上放上女儿和家人照片的相框，再点燃香薰的蜡烛，随身带的小音箱里放出柔柔的音乐，酒店的房间顿时就有了家的味道。

有一天剧组放假，就跑到上海的外滩去逛租界，在街边喝咖啡、做指甲，还去看了一场小剧场演出，把自己的一天安排得充实又美好。

善待自己和善待生活需要一点理想主义加上恰如其分的以自我为中心，两者结合起来，就会形成一种优雅而丰富的气场。

能够坚持独立、热爱自由的女人，能够克制欲望、严格自律的女人，能够热爱生活、享受生活的女人，时间会交付给她们完美的答卷。

时光会增添她们的皱纹，同时也会赋予她们强大的内心、丰厚的沉淀。

时光葳蕤

小虐怡情，大虐伤身

七夕节，在吃喝玩乐团团长的号召下，几个人风尘仆仆跑到新都去吃鱼。

因为早到，感觉为时尚早，几个诗酒趁年华的姑娘小伙，干脆打起了两块钱的小麻将，当然作为一心只想搞事业和搞钱的饮食男女，彼此都是菜得不能再菜的麻坛新手，打麻将只是消耗外面日光太烈不能赏景看花的时光而已。

此时，聊一点八卦，便成了麻将桌上最好的"开胃菜"。

作为吃喝玩乐团长期"感情疼痛情绪不稳定重度患者"，H先生最近的感情问题便又重新被我们提起，关心一下他和他心爱的作精女友，最近吵架和抱头痛哭的次数，以及女友离家出走的次数。

H先生算是年轻有为的一枚精神小伙，有着独立的事业、良好的脾气，不抽烟，不酗酒，不赌博，还有着四川男人"耙耳朵"的优秀潜质。有一个很爱他、他也很爱她的女朋友，俩人在这西部第一都市，相互依偎，准备白头到老。

女人有过短暂婚史，无孩。年纪不小，常爱幻想。一个已经三十岁的女人，还把自己活成了琼瑶戏的女主，觉得爱情大于天，自己就应该是男朋友的全世界。如果不，那就是全世界的错。

H先生的事故在于，对，没写错，就是事故，女朋友虽然对他很好，但是架不住她每两天就要发一次小脾气，发脾气和找他吵架的理由千奇百怪：什么接她下班时，因为堵车迟到；情人节，没有订到她喜欢的套餐；早上出门早，晚上回家晚，陪她说话少，都算是正常范围之内的吵架理由。不正常的诸如带她逛街，在路边给她买了一支五块钱的雪糕，女人发脾气说，为什么给她买如此廉价的雪糕？她跟闺蜜逛街，到了吃饭的时候，他没有在网上及时预定好位置，让她在闺蜜面前丢脸……

H先生说,每次吵架和发脾气,他都觉得很崩溃,为什么会因为这些小事情闹得天翻地覆。而且每次姑娘(虽然已经不年轻了)发脾气和吵架之后,他都被逼无条件道歉,无条件投降。否则即便闹到凌晨5点,女人也要让他跟她一起清醒地迎接第二天的太阳。再不认错,那就立即离家出走,大声呼喊"我的生死与你无关"。

作为一个有探索精神的理工男,H先生也很想搞清楚,自己到底错在了哪里?发现问题,才能解决问题。于是在手机备忘录里面记下了十五天内女人发脾气以及找他吵架的次数和吵架的理由。最后的结果是十五天之内,女人发了九次脾气,理由更是无规律可循,不能以逻辑推理法和归纳总结法来得出正确答案,没有一条理由是有任何关联性的。

这真的是一道比哥德巴赫猜想还难的数学题啊。

作为一个已婚已育的女性,我大概是不能与这样一个三十加了,还可以把恋爱这事儿过得十八岁般如此任性又过家家般波澜壮阔、跌宕起伏的女人产生任何共情。不知道真的结婚以后,面对过年回谁家,七大姑八大姨的人情往来,你妈为啥要动我的衣柜,以及以后辅导作业、带孩子跳绳、做手工等会产生的无数个火星撞地球般鸡飞狗跳的瞬间,她会怎样?

这颗易碎的玻璃心怎容得下生活这粗粝磨刀石的拍打?

每个作精女人的背后都有一个无限容忍他的男人。

你看，H先生显然很享受这种被虐，爱你才会对你发脾气，才会在乎你对我不好的行为。说起要面对未来跟这个情深深雨蒙蒙的女友共建家庭，未来五十年都要生死相依，以后还要共赴黄泉，H先生又开始有了退缩。天，想想六十岁了，满头白发苍苍，走在路上，老太太还要横眉冷对地对你说，你给我买的雪糕为啥不是梦龙（放心，长此以往，她一定会不遗余力做到的），是不是瘆得慌？这需要多么强大的一颗心脏、多么宽广的胸怀来包容，才能成就如此伟大的爱的奉献。

"小虐怡情，大虐伤身，频繁虐伤人。"一个女人，如果一辈子都不明白这条铁律，那她大概率也是会活生生把自己的幸福作丢的。

这些"携爱以作"的女人，喜欢把"我们总是把最坏的脾气留给最亲的人，把最好的一面留给陌生人"这种荒谬的言论当成借口来无下限考验身边人的耐心。最亲的人把最好的都给你了，未来大概率你生老病死还得靠他们管，凭什么就应该忍受你最坏的脾气？

常常有鸡汤说，女人在爱情中正是因为爱他，在乎他，才会不能容忍他的一点点不在乎、一点点小错误，才会不断发脾气和任性。但是，任性和在乎不一定要到了非死即伤的地步。任性和在乎也不是非要三天一大吵，两天一小吵，就赌那个男人是不是真的爱你和在乎你。

身边很多曾经年少有为敢任性的男人，都曾经爱过这种刺猬一样患得患失的作精女人，彼时，他们也正年轻，也是无底线纵容女人的任性，无底线包容女人的霸道，最终都会在一次次无厘头的吵架和道歉中，渐渐被消磨掉了所有的耐心。

最后，繁华落尽心如死灰的他们，大多只想找一个温柔懂事不问过去也不问将来的贤淑女子平淡地度过劫后余生。

大多数女人，在年轻时都被教导，爱情就应该像野火一样燎原，就应该波澜壮阔，可劲儿折腾。她们并没有被教导，婚姻就是互相包容，柴米油盐。小闹怡情，长闹伤身。

不信，问问成年女性，尤其是已婚已育三年以上的女性，真正的婚姻和爱情到底是什么？那些被"作精"爱过的男人们，是不是最后都跟一个要么本来岁月静好，要么作精幡然醒悟改变成了岁月静好的贤妻过着向往的美好生活。

爱情和婚姻其实都是精美的瓷器，越是精美，越要轻拿轻放。

时光
热爱

慢一点，灵魂才跟得上

快，是城市生活的主旋律。

上班打卡要快，项目跟进要快，吃饭要快，走路要快，要发展，要速度，快得我们只有每日里埋头赶路的匆匆，甚至赶路的时候连满天星光也没时间望望。

从前，车马慢，一生只够爱一个人，成了最美的向往。

而有些人，却把这种向往变成了繁华都市里活色生香的现实。

希望日子放慢，希望生活回归到泥土与种子碰撞，伴随阳光雨露，一日日生长，馈赠给我们一日三餐。几个人在双流牧马山开辟了一个庄园。

不为盈利，只为在这里，容纳下一个个在忙碌的都市生活之余，愿意亲手耕种，亲近泥土、分享收获的慢友。这个春末夏初阳光正好的周末，带着两个孩子，一路抵达了这处城中的田园。

时光热爱

039

从天府软件园出发，一路向南，进入牧马山，一排排壮观的别墅群扑面而来，双流机场起飞的飞机在头顶依次盘旋而过。

这里，离城市不远。

梵尘慢庄的招牌，是庄主用从园中捡来的枯枝一个个亲手钉起来的，仿佛还能闻到木头的清香。

推开栅栏，入园处两旁的南非万寿菊开得正艳。

荷塘，田野，菜园，农田，鱼塘，鲜花，木屋，人家……一派生机勃勃，野趣融融。

四十亩地，有条不紊地被划分成了垂钓区、种植区、养殖区、自助烹饪区。

田野里，所有的蔬菜皆是庄主一家亲手耕种，泥土和庄稼最为简单，只要你对它好，细心耕种，它便能回报你收获。

大片的豌豆、胡豆已近成熟，青色、红色、黄色的辣椒挂满枝头。豆垄的行间，是灌水养殖的活水野生小龙虾，下月便可垂钓。

育好的玉米苗、南瓜苗已经昂首挺胸。

你能想得到的农作物，这里皆有，且长势喜人。

蓝莓的花儿像铃铛一样挂满枝头，摘下来，凑在鼻尖，看蜜蜂和蝴蝶在花枝间奔忙。清香的薄荷，远远便能闻见。

女儿下到田间亲手采摘，在田间忙碌，采来的薄荷叶子洗净后，泡水，饮一口，唇齿留香。夏日里，百香果成熟，摘下来，即泡即饮。前一刻，还在地里枝头肆意生长，下一刻便成为食物，成为杯子里的饮品，被放上餐桌。这样的美味，是亲手所种、是亲眼所见，更是对大自然的感恩。

在一块翻耕过的土地上，两个已经在家被关了很久的孩子，挥舞小锄头翻地、种苗，尽管日头烈，尽管泥土硬，真正的农活能让他（她）知道"锄禾日当午，汗滴禾下土"不仅仅是书本上的诗句，更是田间地头的辛苦。他（她）会知道食物从何而来，会懂得珍惜有多可贵。

梵尘现在的打理者玲珑，曾经是一名园艺师。如今，她携父母、丈夫和女儿，把家安在了梵尘。一家人，日出而作，日落而息。

除了农作物，园艺和鲜花是这里另外一种生命。

三月底的天气，丁香花全然盛开，飘香藤长出了新芽，几棵枫树的叶子几乎完全舒展开，紫藤开了，素馨粉了，铁线莲和美丽月见草满是花蕾了，月季们铆着劲儿开枝散叶，微月、亚伯、大红袍、安吉拉、红七里、玫瑰国度的天使……一个个都突噜噜地往外冒着花骨朵儿。

这些花儿，皆是玲珑在料理。她的先生则负责园区内所有的木工建造。门口处的树屋、垂钓区的草棚、通往花园的拱形门皆是她先生亲手打造。观景台的桌子，是一张旧门改造的，鱼塘旁的栅栏是捡来的枯枝一截一截钉起来的。整个梵尘，不假借别人之手，看起来原始而粗犷。正是这种自然和质朴，才是梵尘和其他农庄最大的区别。

鱼，每天会准点投食，我们在时正好碰见鱼儿们午餐，一尾尾鱼争先恐后跃出水面，欢快地蹦来蹦去，水面时不时掀起一阵白色的水花。每一只鸡都有属于它的名字和个性，将军是指挥官，保安喜欢巡视，还有调解员，其他鸡打架时总爱去拉架。大白鹅已经下蛋，供应给餐桌。山羊被独立养在另一块空地，因为太爱惹事儿。兔子一家是标准的吃货，兔妈妈刚生的十只兔宝宝还未满月，成了整个下午女儿从田间回来后照顾的对象。她提着小篮子，一趟趟割草，然后喂食，或许下次再去，兔宝宝们已经长得我们再也看不出今日的模样。

这里还收养了很多条流浪狗，见人便会跳起来乖巧地欢迎，可爱还不认生。

玲珑说，田园生活累且快乐。春天里的每一天都不舍得错过：播种啦，发芽啦，着朵儿啦，开花啦……满怀欣喜地感受它们的生长，全然忘记了挥汗如雨，反而被它们疗愈。

慢一点，灵魂才跟得上。所谓的缓慢，不是几个小时偶遇的田园牧歌，而是一趟放慢的修行，是一处城中的故乡。

请给那些一腔孤勇奔赴远方的人掌声

去重庆参加百度首届繁星创作大会,全国各地的创作者齐聚一堂。

从"70后"到"00后",口音不同,年龄不同。

相同的是,这群人都怀抱一腔孤勇,埋头到内容创作中去,扎根,坚持,又反复被没有创作收入、不能变现所纠缠、折磨。最终未曾放弃,一直越战越勇。

现场的每一张脸,都生动真实。

一个人,一腔孤勇任平生,已经十分难得,更何况是几百人齐聚一堂。

远在北京的朋友看我发朋友圈说在与一群创作者相聚,她私信我"真羡慕你们,一群有趣、敢想敢做的人,真好"。

对啊,人生的道路很多,有的人选择小心谨慎,步步为营;有的人喜欢按部就班,只按别人踏出的脚印前行;有的人偏就爱一腔孤勇任平生,先出发,再问路。

一位贵州的"三农"创作者从城市回到农村,每天分享家乡的生活,用长视频讲述乡村创业者的故事。他面孔黝黑，双手略显粗糙，一看便是常年在田间地头劳作。他操着一口不太标准的普通话说，刚回到乡村，没有方向，只是想传播一下乡村文化，也没有想过做得多好，便自费开始做起了乡村"三农"的创作。

这一做，便是三年。

三年时间，走了数不清的乡间小路，拍摄了几万分钟的视频素材。有过自我质疑，有过家人责备，既已上路，到底

还是坚持了下来。三年的坚持，他终于等来了春天。

他拍摄的乡村"90后"小伙山洞酿酒，为两年来没啥收入的小夫妻带来了二百多万的订单。他拍摄的乡村黄精养殖大爷，一经传播，便得到了政府的快速支持和扶持，很多药材商纷纷送来了订单……

如今，这位贵州"三农"创作者大哥，不仅成为贵州省乡村振兴公益大使，还成立了农业公司，帮助镜头下的乡村创业者打开销路。

他在台上，显然不习惯聚光灯下的掌声与鲜花，显得有点腼腆，但目光依然坚定、自信。

你看，如果每一次出发，你都知道了终点；每一次前行，你都是小心翼翼，计算好了得失与利益，定然不会有突然而来的惊喜与超出你预期的星辰大海。

再比如另外一位在会上发言的陕西嘉宾，原本只是一名导游，迷茫且找不到出口时，开始做起了视频内容创作。未曾想过到底能走多远，只是日复一日地坚持，在过程中不断修正自己的方向。如今，她俨然成了陕西导游界的红人，不仅导游带团生意红火，也成了西安的旅游宣传大使。

当然，我们看见的只是那些有勇气，想到便出发，最后成功的案例。

更多的是依然在路上，还在

等待春天的人。

比如四川一个做人文历史类账号，已经做到3亿加流量的姑娘，一边坚持创作，一边又默默去打工来支撑生活中的温饱。

现代社会，我们大多数人都不得不为了眼前的柴米油盐折腰，毕竟房贷车贷睁开眼睛便是压在肩上的几座大山。我们不敢奋不顾身，也不敢任性。

因此，哪怕看不见未来也偏要一腔孤勇上路的那些人，便显得更加难能可贵。

恰逢本月是鲁迅诞辰一百四十周年，便开始重读鲁迅。鲁迅先生曾经说过："梦是好的，否则钱是要紧的。"那些在做着梦且在为梦想一腔孤勇前行的，还没看见眼前的钱的勇士们，真心值得我们为他们鼓掌。

如果你曾经遇到这样的人，父母，同事，朋友，公司的前辈，请珍惜，同时不要吝啬你的赞美和掌声。

最后，用鲁迅先生的文字致敬那些一腔孤勇、不忘初心的你们：

> 我记得有一种开过极细小的粉红花，现在还开着，但是更极细小了，她在冷的夜气中，瑟缩地做梦，梦见春的到来，梦见秋的到来，梦见瘦的诗人将眼泪擦在她最末的花瓣上，告诉她秋虽然来，冬虽然来，而此后接着还是春，蝴蝶乱飞，蜜蜂都唱起春词来了。
>
> 她于是一笑，虽然颜色冻得红惨惨的，仍然瑟缩着。

要么驾驭生活，要么被生活驾驭

2020年，生鲜电商迎来爆发红利，短视频、网络直播、线上学习平台一夜之间开始在我们的生活中无处不在，无孔不入。

线上流量，成了每个行业在2020年之初快速抢占的入口。变化来临之时，你比别人提前三天拥抱，或许就比别人提前三月收获。

人的一生，都是一段一段的，每一段都将遇见不同的人，做不同的事儿，每一段行程中我们都将遭遇种种陌生与变化，能走多远、多长，源于你自己能否拥抱变化。

人，无法用相同的自己换一个不一样的未来。

朋友Z，曾是大型地产公司的营销总监，永远干练，套装加身，细高跟踩得节奏分明，在某地产大佬高喊活下去那一年，行业危机初显，有些人依然歌舞升平，而她开始了未雨绸缪。她报考了上海交大安泰的MBA，挑灯苦读，在拿到录取通知书那一刻，辞职。学习之余，开始进军餐饮行业，互联网线上营销与传统餐饮行业快速融合，随后到法国做交换生，学习商业与艺术。

2020年归国，大多数人都在担心降薪裁员、行业危机之时，她已经拿到包括阿里在内的好几个offer。

于她而言，思变，是伺机而动，是未雨绸缪，更是说干就干。

人，都是在到了一定年纪之后，方能顿悟，这辈子就两件事儿：要么驾驭生活，要么被生活驾驭。

要做到，时刻迎接变化、拥抱变化，需要终其一生让自己成长。

而拥抱变化的能力来自你能时刻警醒。

持续学习，不论你是青春芳华，还是人到中年。

与优秀的人同行，优秀的朋友是榜样，是镜子，更是你在遇见更好的自己这条路上那碗鲜红的鸡血。

要有快速的执行力。变幻莫测的世界从不等待犹豫不决的人。

祝福我们每一个人，均能在任何时候，不惧风雨，随时意气风发，独自声势浩大。

未来已来，今日起，再出发！

一切变数，皆为引领

下班，走出写字楼。

之前还风和日丽的天，突然天降暴雨，雨点像忙着回家般急迫地扑向地面。

很多人都在屋檐下等待，用手机拍下这一场突如其来的暴雨，双手高举，镜头朝上，朝圣一般。

面对这场瀑布般的大雨，我犹豫了两秒钟，斗争了一下走还是留呢？当然是走啊，干脆利落。

冲出去，大不了就是淋湿一双鞋，浇透一身衣。何况，手中还有一把太阳伞，挡不了雨，好歹也能遮住头。

到了这个年纪，咱们也就剩下这点不管不顾的勇敢了。面对各种措手不及和突如其来，都能坦然迎接，从容面对。

毕竟再大的风浪都曾经历了，生孩子的痛，亲人逝去的怕，工作上的暗礁，生活上的乱八七糟。

人生至此，除了这被岁月的粗糙磨砺出来的勇敢，当然也有害怕的事情。

怕孤独，怕老，还怕胖。这是我们能说得出口的害怕。

还有一些说不出口的害怕，它最是润物细无声，你抓不住，感受不到，既抽象又写实。

看电视剧《三十而已》，顾佳走进一个陌生城市的酒吧，一个年轻男孩过来搭讪，顾佳丢过去一个仿佛洞悉一切的眼神，你想卖我多少酒？我当时就在想，女人啊，上了一点年纪真可怕，有人来搭讪，不是想到你自己多有吸引力，第一反应是，他到底要卖我什么？眼里只有利益得失，全无半点天真。

天啊，她难道不知道，此刻孤独的灯光下，举起酒杯，眼神迷离的她，多么有魅力吗？

这是岁月带给我们所谓的成长，我们丢了什么？我想我也找不到准确的词语形容它。还怕什么？

比物质上寄生老公、精神上寄生孩子更可怕的是，把精力情绪都放在回报率不高、风险还很大的事情上。

比如鸡肋的婚姻、自私的丈夫、自欺欺人的鸡娃、看似热闹但并无什么用处的关系。

当然，也怕老。眼角擦再贵的眼霜也抵挡不住冒出来的细纹，头上突然出现明晃晃刺眼拔了又长的白发。

可是害怕，日子不还是跑得飞快，依然向前，扬起的灰尘挡都挡不住吗？

那么除了接受，别无他法。时间在变，我们在变，心态上拥抱变化，行动上接受变化。

曾国藩说："物来顺应，未来不迎，当时不杂，既过不恋。"

庄子说："物物而不物于物，念念而不念于念。"

这是面对奔跑的时光、面对必将而至的变化最好的心态和答案。

四十岁之前,我们都在努力奔跑,去攀登一座山,奋不顾身,热火朝天,鲜衣怒马,日夜兼程直至山顶。

四十岁之后,才发现到过了山顶,往后的日子,所有的路都是下山。尽管内心还是不平,还想攀爬新的山,蹚更深的河,做更高更远更强的梦。可是身体、心力,都渐渐跟不上。有种东西啊,本来已经过了盛时,无论如何挣扎,等着我们的注定是山脚下。

于是我们的期望变少，欲望变小，也开始精打细算剩下的时间，好像存折、卡里的积蓄，你会想应该如何安排，才能花到更需要的地方。比如应该把剩下的这些时间分配给哪些人，去做哪些事？

是我爱的人，还是爱我的人？是"要我做"的，还是"我要做"的事？

前几天生日，给自己许下了一个愿望。

接下来的日子，希望"皮肤紧绷，心态松弛，不必波澜壮阔，但求生机勃勃"。

怎么样算是生机勃勃呢？是放下内耗，活在当下，可劲折腾。

是想做的事情现在就去做，想见的人跑着就去见。人间一趟，你要看看太阳。

比如超师太就一直活得非常"生机勃勃"。

最近疯狂迷恋越剧的她，每个周末都在深圳的各大剧院穿梭，但凡有演出，必定抢到门票。动不动扔两个现场视频过来，霸气又精彩。

前几天伙同一帮陈丽君的粉丝，一起去机场接机，她说粉丝群里拼的车，下午三点到机场，一直等到凌晨十二点。和一群高素质粉丝秩序井然地等待，然后陈丽君出来时又一起疯狂奔跑，人太多，背影都没看见，反正吹过她吹过的风也是值得的。她说，原本以为追星很幼稚，去体验了一次，无比生动，看来很多事情，只有去经历了才不会有偏见。

为了对得起她的这一场中年爱好,她还跑去报了一个越剧学习班,据说面试时,她现场演唱了一段"十八相送",老师没夸她有天赋,收下了她这个大龄学员。最近,她正在开启勤学苦练。很期待,她那天生豪放的嗓子,最后会唱得如何惊天动地。

生机勃勃的生活,一直茂盛地生长,最重要的是接受一切变数,接受变数皆为引领,坦然面对坏,也拥抱不会更差的难。

接受分道扬镳,接受世事无常,接受孤独挫败,接受突如其来的无力感,接受自己的不完美,接受困惑、不安、焦虑和遗憾。

都说我们费尽千辛万苦,依然过不好这一生。可是谁又规定,一定要过好这一生呢?

什么样的好算是理想中的好呢?短短几十年,去热爱,去奔跑,去犯错,去经历,去行走。在生活中、工作中、婚姻中、子女教育上偶尔的丢盔弃甲之后,哪里不是柳暗花明?

悦人先悦己

连日来心情低落,某日周末,来到成都周边黄龙溪古镇。

夹杂在各地口音、花环、长裙与单反中,随着人流往前涌动。穿过人流,来到河边一个寂静的小巷,驻足在某间小店,四十多岁的老板娘,乌黑的发、白皙的手,神态安详地坐在阳光里,修长薄茧的手指,正拎着一根黑色丝线,做着一双绣花鞋。

藤编的底，黑色的丝绒面，红色的木质串珠。午后的阳光透过房檐，洒在她的身上，安静而美好。我停下脚步，坐在她旁边早已被磨掉漆面的小凳上，静静地看她打磨那双鞋。没有惯用的开场白，她向我讲述制作这双鞋的工序，语调轻快，不疾不徐。

我陪着她，她亦陪着我，就那样度过了一下午的安静时光。临走，我买下那双鞋。穿上那双鞋，回到人流中，步履轻快。

那晚，梦里我听见了环珮叮当。

瞧，不过是干了这样一件悦己的事，那些多日来的阴霾便轻松远离了。

生活不易，既阻且难，我们常常为了取悦别人而将自己弄得困顿不堪。

儿时，我们好好学习，天天向上，取悦老师、父母，只为成为他们眼中的好学生、好孩子以及"别人家的孩子"；毕业后，我们努力工作，取悦上司、同事，只为成为他们眼中的好员工、好同事；婚后，我们想尽办法过好日子，只为取悦老公、婆婆，取悦身边的七大姑八大姨，成为一个好妻子、好媳妇儿。

我们一路狂奔，一路忙碌，将日子过得看似花团锦簇，其实内心早已荒芜。

我们在马不停蹄地取悦别人的路上兵荒马乱、前仆后继。

你可曾记得多久未曾取悦过自己？

哪怕仅仅是做一道自己喜欢的菜，看一本喜欢的书，去一处自己喜欢的地方，跟很久未曾见的朋友聊聊八卦、吐槽吐槽老公，顺便夸夸娃。

世间行走，终是悦人者众，悦己者少。能够做到"无花无酒锄作田"者，才是我笑他人看不穿的智者吧。

当年的邻居，一位小学美术老师，会画很美的风景，亦能随手将一条破旧的牛仔裤改得万种风情，还弹得一手好听的古筝。她穿棉布衣，盘漂亮的发，眉间常带着笑。这样的女子，该是从容而安静的。

而我，当年却见过她最不堪的岁月。

彼时，她初为人母，我们比邻而居。她常穿一条白底黑花有荷叶边的睡衣，衣服因长期机洗而变得灰暗，头发随手用黑色的橡皮筋挽着，发丝常杂乱地垂在脸颊，脚底是一双十字拖鞋，走起来窸窸窣窣。

每次见她，她的嘴里都是诸多的抱怨，抱怨保姆不懂带孩子，抱怨老公忙碌不懂分担，抱怨婆婆年纪大不能搭上手。她终日奔波，很努力地想要带好孩子，还想要干好工作，觉得人生却总是那样阴郁艰辛。

后来，我搬走，她也搬走了。她说觉得之前自己的人生太过潦草，得去干点取悦自己的事。再后来，她拿起了画笔，经常带孩子们去小学旁的树林写生，偶然被报社记者拍下并刊登整版，从此她的教学方式得以推广。

她在古街开了家小店，出售自己手工制作的长裙和饰品，偶尔她也买来老绣片，将一双快要被丢弃的鞋子变得摇曳生姿。

她去练习瑜伽，和一群志同道合的姑娘，在山水间，在没通路的斑马线上，在菜市场，在校园里，双手向天，将腰弯成一个半圆，美得不可方物。她甚至爱上了去乡下的婆婆家，她会翻出那些蒙尘的老陶罐，去田间采来野花，插满罐子，一室芬芳。她在家里开了茶室，常邀三五好友品茗谈心，就着谈资亦可翩然起舞，恣意潇洒。如今，婆媳关系融洽，孩子活泼开朗，她的工作亦如鱼得水，领回了一大堆的奖杯。

她将自己的人生过得梦幻随性，成了一幅美丽的画。

她说，以前只懂为孩子而活，为家庭而活，当她回过头来为自己而活时才发现，很多之前的困顿都渐渐消失。譬如，之前她不爱去婆婆家，现在每次去婆婆家她都会发现能让自己快乐的事，连那些蒙尘的陶罐、破旧的碗，她都觉得能带给自己灵感和快乐。

深圳的朋友帅姐，有份常人眼中稳定的工作，是别人艳羡的女性最好的归宿。我们有过两个月短暂的同事工作关系。那时的她，日常带笑，但从不达眼底。她在职场游刃有余，左右逢源，是领导身边最得力的助手。我曾以为，那是她最想要的生活。

三年后，她突然离职，背上背包，开启了全世界的旅行。和一群素不相识的背包客，在尼泊尔的街头踩着夕阳，在巴黎的铁塔前与风对话，在洱海的斜风细雨里徜徉，在拉萨的墙根下晒太阳……每次出行，总是数月的时间。那些朋友圈的照片里，她笑得肆无忌惮，眉眼之间皆是快乐。

许多人的愿望是既可以早九晚五，又可以浪迹天涯。又有多少人有勇气，为自己弯腰系紧鞋带勇敢上路呢？

你看，总有人在过着你想要的生活。

前路漫漫，既阻且长，愿天下女子，皆能懂得，时常悦人，偶尔悦己。

在凛冽岁月中把自己活成一把伞

从青岛回成都,飞机刚降落,在一个财经公众号群里,看见"深圳女孩"这个词,瞬间被击中,速度转发给闺蜜S,"看看,是不是你的真实写照?"

事件起因是微博上有个大V率队招待两个深圳女孩到酒吧玩。

结果女生们一直在讨论搞对象,骂老公,侃八卦,深圳的两个女孩听愣了:你们出来都聊这些?

问：那你们深圳的女孩出来都聊什么？

答：搞钱。

"我们深圳人这种七八个三十来岁的人聚在一起，开始也会聊八卦，聊了一两个小时后，话题都会切入一下：你最近都怎么搞钱？你朋友都怎么搞钱？你听说了吗，×××在哪里搞到了钱，×××在哪里搞钱失败了，×××在哪里买的房子升值了，我们也攒钱交个首付一起搞钱！

说着说着，深圳女孩的闹钟响了——又到了看美股、看基金收益的时刻了。

博主震惊了，不由大呼：在这边十几年了，没有一个人和我去酒吧聊怎么搞钱，我也想有人和我聊搞钱。

这条微博，瞬间得到四万多的点赞，全国男性都纷纷直呼：请赐我一个深圳女孩吧。

搞钱，是一个女人的自我修养。

我的姐妹S，肤白貌美，名校博士毕业，知名高校客座教授，文化传媒公司老板。副业也是风生水起，创办公众号，小红书种草达人，微博粉丝五十万，vlog博主。

S的圣经是：我要赚钱。这个青年女教授，每年给我买的生日蛋糕都很接地气，上面印的字要么是暴富暴美，要么是发发发。

每次见面，从不谈风月，三句话后切入项目、创意、IP、规划、基金、股票。

作为一个生活在全国知名的"雌都"——成都的女性，我的身边如S这样热衷赚钱的女性比比皆是。

"很能赚钱、拼命赚钱"的女人，她们美丽的背后，实际上都藏着一把刀，手起刀落，分分钟砍向的都是自己，自己的懒惰、贪婪和不切实际。

搞钱是一剂良药，是女人变美路上的力量。

热衷赚钱的女孩她们每天要见客户，要走路带风，要踩着七八厘米的细高跟儿在战场上和男人们厮杀。

她们每日里妆容精致，睡觉时也会将香水喷在身上，毕竟得体的美是赚钱道路上的第一道盔甲。孩子幼儿园的某同学妈妈自己创业，开了设计工作室，每天晚上必会跑步，每周健身房内挥汗如雨。短短半年，拥有了蜂腰猿背、精致小脸。无论多早出门，必会妆容一丝不苟，衣服搭配时尚干练。

你看，搞钱，才是女人最好的保养品。

热衷赚钱的女孩，不惧单身，也不纠结于婚姻中七年之痒后和老公的关系是亲人还是仇人。因为她们的感情时刻丰沛，且都挥洒在了工作和搞钱的快乐中。

某又飒又美的女人说："有个客户问我，你是怎么做到每一次都如此快速回复，并且把我所有的问题都解决掉的？"

答曰："fall in love with job。"

你看在拼命搞钱路上，我们缺爱吗？当然不缺！因为我们把每一个客户都当成恋爱对象一样付出时，还有什么业务是做不成的呢？我们每一天都在恋爱啊!

搞钱，让女人变得更加有趣、博学，因为你永远在学习的路上。

当你想拼命搞钱时，你发现你的知识永远不够用。拼命搞钱的女人可以从一口塑料英语苦练到让外国人以为你跟他是老乡。拼命搞钱的女人，可以读完EMBA读总裁班，读完总裁班还要参加各种专业提升课；每天开车途中，知识付费APP打开拼命往脑子里塞知识。拼命搞钱的女人，为了理财可以啃完一套《经济学原理》，晦涩难懂的股市曲线可以画满一整本笔记本。喜欢搞钱的女人从诗词歌赋到人生哲学，从VCPE到海外房产，从创投政策到两会政策皆可信手拈来。也只有喜欢搞钱的女人，才会让自己变得如此"才华横溢"。

另外，一起搞钱，是女人们维持友谊最牢固的纽带。好闺蜜在一起，搞钱比谈论恋爱经快乐几百倍。男人善变，帅哥也会在岁月洗礼下长出肚腩以及超高的发际线，不再养眼。当然，不再养眼的他还有

可能背叛你。

　　一起搞钱的闺蜜，友谊是任你风吹雨打，我自岿然不动的。铁打的闺蜜一定要一起搞钱，什么平复感情创伤啊，共度人生低谷、分享快乐啊，都不如一起赚钱来得稳固。我身边有几个姐姐，大家分布在四川不同的城市，一起研究怎么做投资搞钱，群的名字都叫"少女投友天团"。每月一聚，持续数年，偶尔也组局闺蜜游，研究研究美和生活。几个原本素不相识的女人，因为搞钱成了万年老铁。你看，女人之间最稳固的关系，永远是在一起搞钱。

　　搞钱，是一个女人最基本的修养。

　　你只有努力搞钱，才能拥有更多的美貌、更棒的身材，以及更多的友谊。这个世界，还有什么是比拼命搞钱更让女人保持年轻的呢？

搞钱，才有结婚自由和离婚自由。

拼命搞钱，还有一个最大的好处，你会变得更加"自由"。

这种自由是指你拥有了更多的选择权。比如，你有了超市自由，你有了服装自由，你也有了远方自由……你可以在超市随便选择自己喜欢的进口零食；你可以在别人还在逛唯品会时，选择只穿高定的衣服；无论何处，向往远方，皆可在完成工作之后，背上背包，找一家最美的民宿，看最美的风景，享一段悠闲的时光。

搞钱的最大快乐，是选择权在自己的手中。

你花谁的钱，精神上就一定是谁的附庸。只有花自己的钱时，灵魂才是自由的。毕竟，终其一生，我们皆在追求，做最好的自己。

有钱，才能有自己。

拼命搞钱，于女人而言，还拥有了结婚自由和离婚自由。

Z姑娘，即将三十八岁。之前一直在金融行业做高管，搞钱能力可谓生猛。某日突然辞职，跑到法国学习艺术，回国后华丽转身去了阿里。Z姑娘，早早在广州购了房，手里还有大把存款，各种重疾养老保险也都配置妥当。面对如今在相亲市场上遇见的不是离异的便是丧偶的的现状。Z姑娘完全淡然处之。自己腰包鼓鼓，不需要嫁个人来解决一日三餐以及未来养老。毕竟有搞钱能力，也就有了不结婚的自由。

拼命搞钱的女人，肯定也是有离婚自由的。某天，婚姻没有了存在的意义时，不必担心失去了避风港，毕竟咱们自己就是自己的港。

我在这里教女人们要努力搞钱，并不是说亲情不安稳，爱情不牢靠。

毕竟在这吭哧吭哧与生活的对抗中，岁月越长，我们越是能够明白，人生凉薄如大雨，把自己活成一把伞，远远好过让别人为你遮雨。

尼采大叔有句名言："对待生命，我们不妨大胆一点，因为好歹你要失去它。"

稻盛和夫说："读书和赚钱才是一个人最好的修行，前者使人不惑，后者使人不屈。"

搞钱，是一个不断打磨掉你的自卑、懒惰、急躁、懦弱等人性弱点，塑造坚忍与力量的过程。你的内心会不断增容扩充，最后变成一个辽阔的牧场，风和日丽，气象万千。

南方周末有一年的新年献词是"我在"。"我在，是国与民互相担当，是夫与妻一起承受，是父母与儿女共同坚持，是一个人给一个人壮胆，是一群人为一群人拼命。"

我想，我们每年给自己的新年献词，可以简单粗暴——新的一年，我在"搞钱"的路上！

有热爱有欢喜，中年不油腻

岁末，在漫长的突然拥有大片生活留白的日子里，我开始思考，开始灵魂的追问。

作为一个即将奔四的女性，我到底该以怎样的姿态来迎接我的不惑之年。刚毕业的时候，希望人生的舞台要足够精彩，有些跌宕，偶尔澎湃，最好不要干一份一眼望得到头的工作。那样的人生，会多么无趣。

现在又开始焦虑，规划起四十岁以后的职业生涯，希望那是从容安定的，如湖面般也无风雨也无晴。

四十岁之后，还必须保留一份工作之外的热爱。岁月走到此刻，最忌讳的是丧失一切生活热情，不美又不快乐。

关于如何过好四十岁之后的生活这件事儿，最近无比有感触。

成都，在外人眼里，早被打上了"慢生活"的标签。天天都是太阳底下，一杯盖碗茶，三五成群坐一天。或者，几块钱的小麻将，可以从白天打到晚上，从星期一打到星期日。仿佛这里的年轻人，都是不需要奋斗忙碌的，更何况中年人。

这简直就像内蒙古男女老少都会骑马，海南人人都会捕鱼一样的误解。

作为一个掐指一算,也没几年就要过四十岁生活的人,与已经在四十岁的康庄大道上欢快前行的女性们有了几次触及灵魂的探讨。

与乘风破浪的姐姐陈女士相识多年。我们约在了西门的一家星巴克,早上九点,人群稀少,冷气充足。她穿舒服的棉质衬衣,搭配卡其色的长裙,头发在出门前显然是精心打理过的,慵懒的卷,舒服而自然。陈女士曾经叱咤职场,在地产圈一路从高管厮杀到后来自起炉灶投身于地产开发,还先后投资过医美、零售便利店等等。

看起来这似乎就是人生巅峰的标配。她的中年生活,应该就是闲庭信步。每天早上,用法式的珐琅瓷器

时光热爱

喝着上等燕窝,下午健身,或者抄抄经书,听听禅。可惜,这就和外地人想象成都女人都会打麻将一样,是妥妥的"我不要你以为,我只要我以为"。

她四十加的人生,才不是活成我们想象中的那样虽富贵但无趣。她说,人到中年,很多精彩都已经历,很多野心和欲望也都曾实现。随着年龄渐长,职场上,思维开始和年轻人有了差距;体力上,稍微熬个夜就三天缓不过劲儿来。作为一个曾经活得漂亮灿烂的女性,其实对中年生活也是有一些恐惧的。最大的恐惧是"不被需要,没有社会价值"。

她说，开同学会，彼此不再肤浅地比拼炫耀财富，而是看，你是否还保持着匀称的身材、健康状况良好，你是否还和这个时代接轨，你的思想是否还敏锐，你的表达是否还依然流利。你是否还有一份工作之外的热爱、执着和坚持。

你看，其实中年女性在乎的不过是孩子愿意和你沟通，朋友喜欢和你交流。这种交流不是扯闲篇聊八卦，而是每一次聊天都能从你这里获取新的东西。你有一份可以发光发热的工作，即便没有，那也必须要有对生活的热爱，有一个可以坚持的兴趣。这种热爱和坚持，是你还在参与这个社会，你对这个社会还依然有价值。

于是，她在陪女儿去美国读书时，花一年时间了解美国保险的种种，签下了代理，回国后组建工作室，成了姐圈的理财专家。她了解互联网社群经济，研究并付诸实践，每天都有新的知识不停输入，同时也跟身边人输出。每天极其自律地安排好自己的时间，学习、健身、拜访客户、团队开会。

中年的人生，活得越来越神采飞扬。

很多人，年轻时的梦想是，中年以后提前退休，面朝大海，春暖花开，晒晒太阳，种花养草。其实，这种生活让你过上一个月，你就会觉得茫然无聊，你会突然发现，你不再拥有社会价值，你也不再被别人需要。

这又让我想到了另外一个榜样。前几天看一篇微信推文，多年前报社的女上司，那位举止优雅、才华横溢的女主编，八年前离开了报社，到了景德镇，从一个没有任何美术基础的文人改行做了画瓷人。

这一画就是八年。白天种花，撸猫，喝咖啡，跑作坊，晚上写字和工作。她写美丽的小楷，画好看的粉彩，从不浓墨重彩，只有细腻的四季花儿和山水。活得快乐而内心丰盈，数年来，连面容都未曾有一点点改变。

这样的中年，有热爱和坚持，有美好和从容，亦有有趣的灵魂和远方。

秋天终归是要来的。

姐妹们，期待那一天，我们无惧无畏，有声有色，有热爱和欢喜，有智慧和坚持。

最怕一生碌碌为，还说平凡可贵。

希望你我，皆知来时路，中年不油腻。

时光
沉淀

感动这种情绪，就像生命里的盐

　　每次做品格访谈时，我总会问受访者一个问题："最近一次感动是？"

　　随着年岁增长，大部分时候心肠变硬，也习惯在人际交往上做减法，能走近的人越来越少，沉淀下来的也越来越好。

　　于是会被感动，内心柔软的时候变得越来越少，越来越珍贵。

　　曾经看过一段话，"感动"这种情绪，大概就像人生的盐，不管多忙碌、疲惫，只要有它，总归还是觉得有滋味。

我们的感动，大抵皆是因为你内心真的被震撼、共鸣、触动。那些能让你感动的美好，也真的是世界少有的珍贵。

这个端午小长假，宅家，阅读、辅导作业。外面风雨交加，突然想起最近的一次小感动。

节前，去到一家熟悉的肿瘤专科医院，进行沟通访问。这家医院地处郫都区郊外，抵达需要经过尘土飞扬的乡村小路，沿途皆是即将拆迁的破败，尽管已二十多年的历史，若不是熟悉多年，我也定会以为走错了路。院长是医学痴人，多年致力于肿瘤治疗的研究，在国内外权威杂志发论文，大大小小的奖项拿过不少。但一直低调，醉心科研。

那日，我仔细了解医院的过往。满院，随处可见数十年来病人们赠送的材质不一、大小不同的锦旗，但感情真挚，字里行间皆是感激。

于大多数肿瘤病人而言，那种痛苦与对生命无常的无法掌控的恐惧，或许是健康之人无法切身体会的。看见医院内，来自全国各地的肿瘤病人，年轻生病的母亲住院，孩子边写作业边陪伴；中年的丈夫，陪同生病的妻子；年老的病人和推着轮椅的老伴……突然领悟，健康与相爱的人不离不弃的陪伴，才是这世间最该追寻的幸福的终点吧。

在病房内走访，被这样两件事情感动。

一位深圳来的服装厂企业主，五十出头的年纪，直肠癌晚期，经历过三甲医院的手术、化疗，最后产生了各种并发症，高烧不退。来到这家医院，经过院长一个多星期的抢救治疗，我们在医院内见到他时，他正在吃饭，清炒的油麦菜、胡萝卜红烧肉、排骨汤，一大盆米饭。说话、走路，已与常人无异。他的妻子，一直拉着医护人员的手，言语间是道不尽的感激，最后悄悄拉着医护人员走出病房，突然眼泪决堤，是后悔折腾了一圈受了许多罪，也是感激在这里得到细心治疗，让她看见了希望。

另外一个病人，依然来自深圳，三十出头的姑娘。她说自己热爱美食，爱好臭美，长期的生活不规律和饮食不

均衡，终于身体发出了警告。因为卵巢癌引起的盆腔积液导致大腹便便，走路喘气。面对医院开出的化疗疗程，内心无比恐惧。"从深圳飞来成都，入院后，开始热疗治疗，第二天症状明显缓解。到第五天，没抽过腹水，隆起的腹部又恢复了以前的平坦，我想象中的恶心、呕吐、痛不欲生、头发脱落等可怕的情景也没有发生。目前CT结果出来了，大量的盆腔积液消失了，腹膜硬化的状况有改善，卵巢病灶区缩小。"这位年轻的女患者，说起自己的经历，起初有泪，后面带笑，最后是对未来生活的美好憧憬："我想治疗结束后，吃遍成都的美食。"

我们坐在洒满阳光的院内长椅上，有病人在拉着医院的护士聊天，有患者家属路过，一位年轻的男士对着大家微笑说："这是我见过最好的医患关系。"

所谓人间天使，就是这般模样吧。

带给病人希望，减轻患者痛苦，有最好的陪伴和安抚，有专业的治疗、执着的坚守。

那一刻，突然感动。

反消极，是每个成年人的必修课

国庆节一过，天气渐凉，细数起来，一年好像很快就要结束啦。很多人似乎都有同感，时间过得特别快。

距离给今年的自己写总结，已经不太远了，我们也是时候寻找一点正能量源，在剩下的日子里，过得不留遗憾。

我的能量源来自最近几期做的《女子力访谈》，与优秀的女性对话、碰撞，寥寥数语，短短两小时之内，便阅尽她精彩的人生。她们将那些阅历与时光沉淀下来的经验，浓缩成几句话，与我逐一分享。我想，这该是世间最快乐的工作吧。

近日访谈的几位女性，有食品界叱咤风云的掌门人，有金融界从底层一步步打拼上来的女高管，也有海外归来的二代接班人。她们身上都具有一种从容与韧性。这种韧性，才是她们在人生的起伏中永远不断向前、路越走越宽的精髓。

刘女士是知名的食品界大咖。见她那日，她一身剪裁得当的西服，精致的妆，脸上始终挂着得体的笑。三十岁之前，不愿接触家族多年经营的辣味手艺，毅然选择进职场厮杀。三十岁之后，随着孩子的到来，更希望拼一个更好的未来。于是，接过家里彼时不算大的生意。"刚起步时，无比艰难，印了几千份传单，到糖酒会现场去发。烈日伴着一整天的奔波，还有眼睁睁看着无数人把传单扔进垃圾桶的失落。也有过上门拜访一个大客户时，因为着装正式，妆容精致，被客户三次赶出门的屈辱。擦干眼泪之后，第四次走进了门，我终究不甘心放弃，至少要知道，拒绝我的理由在哪里，我才能改进。"

终于她敲开了那扇门，最终赢得了一个公司的大客户，且合作至今。

七年过去，产品从零到远销海内外，公司成为海底捞、廖记、紫燕百味鸡等企业的供应商。看似成功的背后，有着别人无法体会的辛酸、辛苦与辛劳。

她的那席话，让我突然领悟到三个重要的人生经验。

第一，每个女性，都要坚信自己有成功的能力。

这是人活在这个世界上的良药，不管多么艰难的事儿，只要相信我们可以做得更好，总归是会有一些收获的。"不配得感"与"我不行"是会一点一点杀掉一个人的。

第二，像她一样，有不屈不挠、绝地反弹的韧性。

认准了一件事儿，即便失败，也要找出失败的缘由。否则，何以配得上成功。

第三，没有任何成功可以归结于运气。

每个人的一生，都是一本独一无二的编年史，有人生在罗马，有人只能步行去罗马；有人的春天在十八岁，有人的春天在三十八岁。没有绝对的一帆风顺值得艳羡，我们只能

抱紧自己的剧本、热爱自己的剧本。

关键的问题是你以什么样的态度去迎接人生的春天，在与命运、岁月、性别不动声色地暗战中，坚持到底。

另外一位也是刘女士，在金融行业某知名公司从零做起，尽管这家目前无比庞大的公司属于他的先生。在很多太太们拼下午茶是在华尔道夫还是希尔顿、聚会有没有拿得出手的铂金包时，她选择了到公司从一名底层业务员做起，一直到分公司总经理、集团董事、集团总经理。五年时间，用业绩和能力证明自己，下得了厨房，上得了厅堂，中途顺便读了个EMBA，生了二胎。"也曾有过难的时候，面对自己好不容易攀上的顶峰，工作需要你去担任另一个角色，便又需要从头再来。那种辛酸与辛苦，又要从头开始一次。"看着她如今越过千山，终究站在了自己想要的山顶时，心中只有最美好的祝福。所谓的举案齐眉，是你们彼此永远在并肩前行，他熠熠生辉，你亦光芒万丈。

不是每一名女性，都配拥有这样的人生，如果你不曾如她们这般一直奔跑过。

这位刘女士，我们相识多年，温婉、爱笑，见过诸人，皆喜与之相处。她说，一步步走到现在，不易自是有之。作为女人，最不缺的就是韧性，死磕到底，终将不会太差。她分享了两条经验。

第一，一生都要反消极。

女性，年龄日长，愈不想奋斗，思想上愈容易消极。

譬如，能多一些时间陪伴孩子就好；我挺满足现在的状态；职场上，三十五岁以上的女性根本没机会啦……

其实，这些都是自我消极的思想，有些人的青春就是从中年开始的。

向上之心，与年龄无关。

第二，随时管理好自己的情绪。

大女主的优秀在于，她必须对复杂的世界有足够深刻的理解，不幻想，不抱怨，识进退，尤其要学会放下。时刻管理好自己的情绪，你会变得更好，身边的人亦会。

我是指家庭，尤其孩子。

很多女性，一旦步入婚姻，便开始了佛系。人生上半场已经足够辛苦，失去奋斗的欲望。本来就有天花板的职场，索性就开始了做一天和尚撞一天钟。有些干脆回归家庭，开启了世上只有妈妈好的主妇生涯。也有一些，因为本来受挫，干脆放弃挣扎。坚信日子本该是用来荒废的。热爱的东西从美食美酒美景美容，变成了喝茶打坐刷剧晒太阳……

那些将人生的中年过得更加酣畅淋漓的女性，譬如文中的两名女性，她们冷静、客观、自律。不是什么都厉害，什么都能得到，而是对自己的命运，有一种行云流水的掌控感。

她们有勇气让命运的归命运，努力的归努力，面对努力不含糊，面对命运不强求。

人，总得有那么一点欲望和野心。人只要有欲望，就能进步；无欲无求是最可怕的状态。

那不是道法自然，是画地为牢。

让我们终其一生，阅尽生活，每一天都热爱，还有欲望与野心！

忍一时越想越气，谁说善良不需要锋芒

最近比较通透，大抵是去了一趟西湖，听了一场梵音，被江南烟雨洗涤了一下灵魂。对成功、对人生、对生活有了一些新的感悟和反思。

比如，原谅了自己本来就不完美，我不必做一个任何事情都一百分的优等生，放过自己，留有余地。

比如，可以接受生活、家庭和工作中的突发状况，偶尔的一地鸡毛，毕竟谁家的锅底都有灰，生活不是这样，就是那样，反正不是你想的那样。

比如，不想内耗，人不犯我，我不犯人，人若犯我，直接开撕。

说起这事儿，昨晚和女儿顺顺有一次疗愈式的对话。

昨晚回家已经快十一点了，我轻手轻脚地开了门，刚换了鞋，顺顺便从房间出来了。

还没张口，就已经眼泪大颗大颗地砸到了地板上。我心疼得赶紧抱抱。

在她情绪失控的表述中，我渐渐清楚了原委。初中以后，学业加重，用眼过度，终于还是近视了。"五一"假期的最后一天，我带她去配了一副矫正眼镜。

今天眼镜到了，她是一个听话的孩子，遵医嘱，除了睡觉都不摘下。作为一个敏感的青春期女孩，她说有同学嘲笑她戴眼镜很丑，她不想去学校，更不想戴眼镜了。班级里面有几个喜欢嘴碎的小团体，不是第一次在背后议论她了。她很难过，也不知道如何面对和处理。

我抱着哭得压抑的女儿，对她说：她们背后嘲讽你，说你坏话，你原谅了，也容忍了，她们是不是并没有改变，你也并没有因为原谅了别人而感到快乐？人啊，在遇到不平之事的时候，不要一味地忍让，也要有敢于出手、有理有据面对和解决的勇气。

你应该做的是，找一个班上人最多的时候，不必是私下，更不必是在某个角落，在阳光下、在人群中直接站起来，走到那个背后议论你的人面前，微笑着问她："你是不是在背后吐槽我、嘲讽我了，下次你对我有什么不满意，可以直接过来和我说，如果我真的有这个缺点，我改正。当然，比如美丑这件事情，恕我无能为力，毕竟你心里怎样看到的就是怎样，你心中装着美，你看到的就是美；心中装着丑，看见的就是丑。美丑原本没有标准，也请你们以后不要用自己的标准去评价别人。"

把那些背后阴暗的让你不舒服的议论，变成阳光下的直球，直接打出去，你不一定能让对方从此改邪归正，但你一定会觉得神清气爽，仿佛六月天喝了一杯冰镇西瓜汁。

你内心那些反复的纠结、失落、压抑，立刻就像暴雨突

袭一样,被冲刷得干干净净。

总是忍的人,必不快乐;总是退让的人,绝不是海阔天空。

所以你的善良应该带一点锋芒,你只有一次性解决这件事情,未来才不会有人挑战你的底线。

我告诉女儿,你才十三岁,人生正少年,少年就应该有少年的无畏,少年就应该有少年的勇敢。面对别人对你的攻击和不友好,不是一味忍让,而是有敢于面对的勇气。

这件事情,你容忍了,你就会把难过的情绪和不愉快憋在心里,憋得越久,越难过。这种情绪不会因为时间而消失,而是会如藤蔓般疯长,紧紧地缠住你,让你喘不过气,无法呼吸。

你内心纠结,又找不到出口,最后越想越气,越想越难过。我向来主张与其把自己逼疯,不如直接发疯。

怼回去才是对那些攻击你的人最高的致敬。毕竟,敢于和她掀桌子的人,会教会她,别人的闲事儿,少管。

蔡康永说,什么叫容忍,就是装作什么事也没发生,让他过去。那样做的代价是什么?装一次没事,会过去。但三次呢?

三次之后,我们迎来的结局一定是忍一时越想越气,退一步变本加厉。

少年的世界是如此,成年人的生活中也莫不如是。

工作中,我们常常会遇到部门之间的摩擦,同事之间因为你的出色导致的嫉妒,来自竞争同一岗位的对手的敌意……他们可能会给你穿小鞋,也有可能在背后对你各种诋毁,甚至组织小团体孤立你。

好吧,成年人在职场,谁都遇到过,如果你没遇到,要么你已经站在了食物链顶端,更多的人需要对你臣服;要么你视前途和金钱如粪土,无欲又无求。当然,还有一种状况是,你就像宫斗剧里普通得整个世界都看不见你的小答应,大家不屑和你争斗。

面对来自职场的恶意,忍一时估计还能假装岁月静好,忍多次,估计要么就是无法翻身,要么就是被踢出局。

大家为什么喜欢《新闻女王》里面的Man姐，因为她遇到事情从来不忍，要么当场开撕，要么绝地反击。活得潇洒，赢得漂亮，从来不忍，也永不妥协，我就是自己的女王。

《新闻女王》里面有一句经典台词："你连狗咬人都想象不了，人咬狗的世界不适合你，找个男人嫁了吧。"

这种TVB职场剧里面的精神世界，我们只能感叹遥遥领先！

做人啊，你只有足够强大，才有敢于掀桌子的底气。不忍让，不妥协，是另一种激励自己进步的良药。

一个朋友，最近婚姻举步维艰，他认为一直人人艳羡的婚姻，其实在不知不觉中早已因为妻子不断妥协忍让亮起了红灯，那些日积月累的怨气，终于在某一天被点燃，彻底爆发，炸得人仰马翻。

原来这么多年，妻子看似好脾气，其实一直隐藏着很多怨气。他说起几个细节，孩子还小的时候，他因为工作很忙，很少做家务，某日妻子生病，他事先并不知情，饭后妻子一如既往去洗碗，正好孩子哭闹，他习惯了置之不理，妻子一手抱着孩子一手在厨房将杯筷碗碟一一洗涮归位。他不知道妻子心里当时的不满和委屈，而妻子也从来没有表达和发泄过这种不满。

再比如，某一次他生日，妻子精心准备了礼物，安排了一次聚会，把他的家人和朋友都邀约到了聚会现场，他却因为工作姗姗来迟，之后也没有表达过对妻子的一丝感激。

日积月累的小委屈和怒气，像一根绷紧的皮筋，终于在反复拉扯中断裂。妻子不再对他关心，也逐渐对他冷漠。他追问原因，才知道那些当年被他忽视的细节，其实都是妻子的忍让和委屈。

等憋在心里的气慢慢消了，两个人之间的裂痕也产生了。

我在想，如果当初一旦有了委屈就说出来，有了不满就合理发泄，当日的问题当日解决，当日的怒火当日就爆发，就不会怨气日增，最后问题没解决，还伤身又伤心了。

我能想象，当初那些日积月累的不满和委屈，这位妻子内心是如何悲伤和不甘，夜里又辗转反侧掉过多少泪。

对于女性来说，常常就是忍一时卵巢囊肿，退一步乳腺增生。

婚姻中，遇事不忍，简单直接，是比隐忍更高级的相处之道。

做人，不论修炼哪一方面的品质，都要带点锋芒。

我们都不是菩萨，犯不着帮坏人渡劫。请让我们的善良中都带一点锋芒。

看过一句话，你要有良知，但不必纯善。

你要有度量，但不必肚里撑船。

因为，这个世界上的很多人，都不配。

所以，请你勇敢一点，不必内伤。

生活除了远方，还有眼前的自己

转眼，已是九月。

每逢秋天，人对时光的流逝变得更加敏感。或许是凉风携着落叶，呈现出生命在消逝的一面，或许是这个时节对应着时光流转。

年龄渐长，有些壮志，留下一些"未酬"。一直想到远方，但现实磕磕绊绊。年龄和阅历在增长，反而活得不如二十岁时任性洒脱。身份从"我"这个独立的个体，变成了母亲、女儿、妻子、儿媳、职场leader……

生活开始每天忙得昏天黑地，日子过得匆匆忙忙，自己却越来越不快乐，越来越兵荒马乱，越来越焦虑。

昨晚读《时光》这首诗，发现居然如此写实：

> 这就是时光
> 我似乎只做了三件事情
> 把书念完，把孩子养大，把自己变老
> 所谓付出，也非常简单
> 汗水里的盐、泪水中的苦
> 还有笑容里的花朵
> 我和岁月彼此消费

账目基本清楚

合上书，闭上眼，几十年的时光电影画面般匆匆掠过。

女人婚后，朋友聚会的关键词是，课外班课程进度，孩子以后出不出国，暑假报哪个夏令营。

一天的日程大抵如此，六点半起床，做好早餐，送娃上学。上班路上打开"得到"，与时俱进地往脑子里塞东西。毕竟生活如此，不进则退，何况后浪凶猛，虎视眈眈。抵达公司，开会做表，跟上级汇报，与下属沟通。午餐常常凑合，或者索性一杯星巴克续命。晚上回家，熬过了晚高峰，陪孩子写作业，辅导阅读，伺候公主少爷洗澡刷牙睡觉。然后，逐一回复上司、下属、朋友、七大姑八大姨的微信。出差时机场免税店买的面膜，放了一年，还只敷了一张。

她们的记忆特别好，记得孩

时光沉淀

子每天的课程表，双方家庭每个人的生日，工作上详细到分钟的时间节点表。有时她们又特别健忘，可能连自己大姨妈的日子都全靠信号指导。

三十多岁的女性，尤其是职场女性，全世界都很重要，唯独自己被遗忘。她们可能关心邻居家的猫，老师要求的小报，阳台上养的绿萝三天浇一次水，唯独不关心自己。

我害怕死亡，尤其有了孩子以后。这个年纪，即便在职场，你也不敢再拼到天大地大没有工作大。生我者已老，我生者还小。不能病，更不敢病。以牺牲健康为代价换来的职场自我价值感，最怕到后来浑身是病，苟延残喘，拖累家人。我们都曾经奋不顾身，后来，告别了艺高人胆大，放弃了仗剑走天涯。

回想这些年的职场生涯，有过出差时，在机场狂奔赶一趟航班的奔跑；有过拖着行李箱，辗转各个城市，数天不入家门，想孩子想得深夜痛哭的心酸；有过连续高强度工作几个月，出差淋雨染上肺炎，住院十六天，瘦可见骨，出院之后，依然马不停蹄成为热血战士的拼命；亦有过高烧不退，头痛得炸裂，因为一个电话，拔了针头，奔赴活动现场忙到凌晨两点的敬业；更多的时候，一忙起来，忘记喝水，忘记吃饭，常常一整天……

再往后是体检报告上有些指标开始亮起了红灯，因为工作压力开始了长达三年的失眠，黑眼圈，掉头发，健忘，三天两头感冒……

那些年透支的身体，终归在某一刻需要偿还。得承认，对于我们普通人，丝毫不需要牺牲健康的工作几乎是不存在的。

天大地大，健康最大。

关爱家人，也关怀自己。

最重要的是，关注健康，刻不容缓。

从前，我年轻，特别爱谈世界，我的向往和好奇，无边无际……

如今，我的世界具体而琐碎，触手可及就是眼前的饮食起居。

我想，生活除了远方，还有眼前的自己。

收花是惊喜，送花才是浪漫

接到闪送的电话，说有一束鲜花。

取回来，是一束牡丹，开得姹紫嫣红，芳香四溢。"唯有牡丹真国色，花开时节动京城。"牡丹的艳丽是那种直接而热烈的，没有任何的藏拙，直接扑面而来。

我查了一下花语：百花之王，寓意圆满、富贵、吉祥、幸福、雍容华贵。

感谢送花的云姐。花语，很走心啊，笑纳了。毕竟，人生至此，不就是图一个既要富贵吉祥，又要做自己的女王啊。牡丹，很贴切。

这些年收到过很多花，牡丹却是第一次。硕大的花冠，浓艳的色泽，如一团燃烧的火焰，美得无比放肆。

我们常说，女人啊，不论年龄和阅历，都喜欢花，更喜欢有钱花和随便花。

早年的时候喜欢百合，素雅，恬淡，连味道也是不争不抢、素净淡然的。后来成为母亲，光明正大地收到了康乃馨。也喜欢郁金香和向日葵，再后来，给自己买花，总喜欢一束一束的栀子花，简单纯粹却香得持久，空气里面也是芬芳香甜的。

比起收花来，我更喜欢送花。

收花的那一瞬间你总是欣喜的，比起那束包装精美、美丽芬芳的鲜花，你更欣喜的是，送花的那个人，她看重你，惦记你，也懂得你。她愿意在某个平常或特殊的日子里，亲自走进花店，为你挑选一束只属于、只适合你的花。

那束花，她会从花的品种到花语的选择，玫瑰、百合、向日葵、郁金香或是紫罗兰都再三思索。花束的大小、包装，搭配满天星、刺芹、寒丁子还是鼠尾草，都需要一一思量。这个过程，她是为了一个真正惦记、重视的人在花费时间。

因着这份慎重，才会让你在收花的那一刻，无比惊喜。

收花的欣喜，进而转换成感动与感谢，感动于惦记，感谢于仪式。

这份仪式，是挂念，是爱，是不敷衍，是珍而重之。

收花固然惊喜，送花更加浪漫。

上个月，我们在忙一个乡村阅读推广公益计划，启动仪式那天，下着大雨，整个志愿者团队都从早到晚，无私付出，忙得昏天黑地。那天活动结束，大家都声音嘶哑，疲惫不堪。老叶说，今天是她的生日，晚上的时间，她要留给家人了。我无比抱歉，在这个日子里，霸占了她一整天的时间。

我立即去选了一束鲜花，是九十九朵娇艳的红玫瑰。我想一大束的红玫瑰，被送到手中，哪个女人不会惊喜尖叫？

古人说："赠人玫瑰，手有余香。"这个古人真会给送花人打总结，做PPT肯定是高手。

那天晚上，老叶发给我一个视频，是她女儿一朵一朵在数那一大束玫瑰的情景，反复数次，一直不能确定是九十九朵还是九十八朵。最后索性每数一朵花，就在上面用白色的碎纸屑做一个标记。可爱而执着。

我不知道，她收花时是否惊喜和快乐，但我送花的时候，是怀揣真挚和美好的。

我想要买一束花给你，我在想的那一刻，已经在期待你收花时的表情。想你因为我而感到开心幸福。从进到花店，看到很多的花，到选出想要给你的那一枝，看着它从一枝变成一束，花束从小变大，再一层层裹上精美的包装。

如果幸福能写实的话，那么这一刻，应该被定义为幸福。

这一刻，不是花浪漫，是送花的人更浪漫。

有一个铁三角姐妹继姑娘，每次见面，都定会给在场的每一个人送花。

前几日聚会，整整十人，结束时，她给每人送了一盆蝴蝶兰，白瓷的花盆里，蝴蝶兰已经盛开，白色的花，紫色的蕊，争相斗艳。

外面是透明的袋子，用牛皮纸包裹着，既慎重，又不会显得繁复。几位男士都很惊喜，因为他们常是送花人，很少成为收花人。

继姑娘的花，各式各样，品种繁多，见面，鲜花从不缺席。她性子柔和，圆圆的脸庞，笑起来眼睛弯弯，看起来就国泰民安。

喜欢送花的女子，大抵就是这样的吧：柔软，安静，娴静，美好。

送花，不仅仅是给你特别珍视的人，还有自己。

如果非要给送花对象署个名，我希望，那是你自己。

之前，每段时间完成一个特别难的工作项目，我都会买一束鲜花奖励自己，这种奖励，既是对自己的肯定，更是对自己的热爱。

后来，家门口总有卖花的小贩，推着车，卖各式各样的鲜花，偶尔下班回家，也喜欢在家门口随手选一束，不是仪式，也没有某个特别的纪念，只是那一刻，看见花，我很快乐。那一刻简单的快乐，我们需要当下被成全，那么不要犹豫，去完成这一刻的想要和快乐。

你看，快乐其实很简单，不过就是一瞬间，我们的感受被呵护和成全。

我们可以为其他人的感动和欣喜去选花、送花，就更应该在某一刻，走进花店，坚定地告诉店员，我要选一束花，为我自己。

用那一束花告诉自己，嗨，你很好啊，你值得更好！

定期奖励自己一束花，不是矫情，是我们对生活满满的热爱和浪漫，无论生活以什么吻我，我要回报以歌，即使我步履踉跄，也要逆阳而生。

爱自己，是终生浪漫的开始。

让花成花，让她成她，让我做我。

那这份浪漫，就从做个送花人开始吧，送自己以及你珍视的人。

时光联结

二姐，从优秀到优雅

二姐不是她本名，也不是真的是我的二姐。

我常开玩笑，这个年龄了，我们都不会再交不三不四的朋友，只剩下很二的朋友。于是，她从此就变成了二姐。

她是知名的心理学导师，经常出差，但我们每个季度必定要聚，每次相聚，一定有酒，还有闺蜜铁三角继姑娘带来的鲜花。

聊一些近况，也扯一些工作，说一些从不对其他人说的故事、彼此之间才能拥有的秘密。

每年生日都要一起过，我们相约，六十岁生日，依然要喝酒、抱花，大笑拍照，一起八卦。

十年前，初识。

她穿白色上衣、丝质的阔腿裤，盘精致的发，一缕慵懒的卷，无意间缀在耳边。眉眼间皆是清淡的笑，隔着刚开的一扇门，如画。

室内是木制的中式桌椅，在明亮清透的阳光中漆光油亮如玉。大的水缸，养了几尾锦鲤，在莲叶间游动。一篇写了一半的小楷，墨尚新鲜。

燃到尾部的檀香散发着幽远的香，她坐在斜斜洒下的光

时光联结

里，用透明的玻璃茶具，熟练地泡茶。

开始交谈，更惊讶于她的博学，像周杰伦的歌，汉赋、唐诗和中医皆可入词，但唱出来，皆是易懂的艺术。

那一日，天鹅湖，二十楼的公寓楼里，满室芳华。那日的场景，照片般定格在脑中。数年后，依然记忆犹新。

日后，我们鲜少见面，但她常常关照我。去北京时，带回来杨澜签上名字的书，邀我参加她主持的禅茶音乐会，工作上亦颇多帮扶，不遗余力。

我不敢写她，因为太近。

或许也是害怕，写不出她十分之一的美好与入骨的优雅。

她喜珍珠，每次见面，总佩戴着不同的珍珠，耳环、胸针、项链。那些圆润的、散发着淡淡光晕的珍珠，在她的身上，总能恰如其分地点缀，又不夺去她的美丽。

那些有棱有角的沙粒，原本无华，出生皆凡，在贝类与痛苦的抗争中经久凝化作饱满的舍利，做成饰品，结成罗衣、珠帘。长成后的珍珠，圆润光滑，自带光芒，又不张扬，美得温润而大气。

这种对珍珠的喜爱，仿佛是她对自己人生的隐喻。

少年时，住在乡下，与外界接触的途径便是书籍，这也是城里的表弟来家里时，她唯一的艳羡。

那些书，如此稀缺，最为解渴。

随母亲走半日的路，到达县城。宽阔的路，明亮的灯，老年人在广场上自由地舞蹈。她想，这样的生活，是自己的远方。

"年少时，总该有几分雄心，哪怕女性。你总该为了自己想要的生活全力以赴一次。"

她讲述起这样一个故事。儿时看的一部电视剧，《女人不是月亮》。一名叫扣的乡下女子，被许配给了叫纽的表哥。面容姣好的扣，在村里来了模特队后，梦想成为模特儿。扣爱上了模特队长，为他逃婚，并一路逐梦前行，终成名模。再次遇见模特队长时，对方希望她放弃梦想，回归家庭，两人最终分道扬镳。

她说："那时，我就觉得，我应该成为扣那样的女子，不认命，不依附。女性，应该活得独立而觉醒，哪怕爱情也该是彼此成就，而非妥协。"

于是，她的前半生一直努力，鲜少懈怠。"工作，总尽力做到完美。路，总想走得更远。"她一步步走出村庄，走向繁华。

开始做外贸，点滴积累，日渐壮大，当选为"2016年魅力女川商"。

经营社群，中国最优质的女性社群——红颜会，成为理事，任四川分会会长。她希望，成都的优秀女性们，能够与更多优秀女性共频。

邀请于丹来成都分享女性力量，沙拉来分享犹太教育，龚琳娜来分享民乐新唱。在油菜花开满的田野里，带大家席地而坐，体验禅茶……

每一个角色，从不敷衍，只用力演得完美。

那一粒细沙，在岁月的磨砺中，修炼，成长，终成难掩美丽与光芒的珍珠。

二姐的美，是薛宝钗式的。

唇不点而红，眉不画而翠，脸若银盆，眼如水杏。这份美，因着腹有诗书而内敛如兰。

关于优雅，看见这个词，便会自然想到她，仿若，她站在那儿，便是这两个字最好的诠释。

这份优雅，恰到好处，自然，和善，温暖。

古印度人说，人应该把中年以后的岁月全部用来自觉和思索，以便找寻自我最深处的芳香。

她内在最深处的芳香，是做自己快乐的事，比较多的内在探索以及给予。

于是，她去繁就简，重新出发，新的角色是婚姻家庭关系的心理咨询师。

学习，奔波于全国各地。读书，在机场、路上、餐桌前。身份很多：注册心理咨询师、国际婚姻协会特聘讲师、国际催眠协会授课老师、国家培训网婚姻授课老师……新身份后面，是许多看不见的努力和重新出发的勇气。

她的忙，日渐成常态。学习，授课，咨询，往返于多个城市，鲜少有时间休息，夜间、周末常常接到咨询者的电话，一一耐心解答，内心充盈快乐。

"婚姻关系、家庭关系、亲子关系,其实是一门我们需要静下来,学习、了解、感知的艺术。"许多人,在听别人的婚姻、亲子关系出现问题时,总觉得与自己无关,看别人时都是故事,轮到自己时都是事故。

许多人,事业成功,婚姻、亲子关系糟糕,大多受原生家庭影响,后来也并没有去寻找有效、有用的方法。

"我不过是希望,读过那么多书,走过那么多路,在和谐的家庭关系中,每个人皆能过好这一生。"而今,她将婚姻家庭学院的愿景逐一播种,遍布全国。她更忙碌,却也快乐。

女人的美,是藏在眼睛里的。而今,她笑起来,直达眼底,那里面藏着爱和最朴素的快乐。

几乎是所有的白花都很香,愈是颜色艳丽的花愈是缺乏芬芳。"人也是一样,愈朴素单纯的人,愈有内在的芳香。"

此刻,她放下那些"别人眼中的我",芳华正好,芳香相随。

二姐经历过辉煌,也有过彷徨。

她不避讳提起自己婚姻出现裂缝时的痛苦,那些痛苦,因为经历过,所以如今她更愿意做一个使者,让更多的人有在婚姻、家庭中解决问题和相处的能力。这份事业,她说,仿佛注定,她是如此热爱,又充满快乐。

人到中年,取悦自己比取悦别人更为重要,如今她终于活成了自己最想要的样子。

最后,她和我讲了个故事,关于爱情、成长和老去。

父母关系紧张,终至破裂。于是,她终其一生,一直在找婚姻、幸福最好的模样。外公外婆,看似一辈子没有爱情,但鲜少争吵。

某日,在深度催眠中,她看见这样的景象:

自己穿着长裙和儿时最喜欢的红色凉鞋,薄雾中,外公外婆坐在屋中,外公的手搭在外婆肩上,外婆的头自然靠在外公肩上,岁月静好。外公笑着说,孩子,你看,这就是婚姻和幸福最好的样子。百转千回,她终寻到答案。而今,她更希望,把这个答案带给千千万万个家庭。

我问她,总结前半生,最大的收获是什么?

"是从未停止过学习和成长。"

某日她突然问儿子,当我老去那一天,你会在我的墓志铭上写下什么?

"一个快乐的女子,一个温暖的妈妈。"

她突然笑了,当生命即将枯萎,把从前所认识的朋友叫来,一一让他们在我面前说一句给我的墓志铭,该是件多么有意思的事。

回顾过往,他们定会挑好听的话说,在赞美声中闭上双眼,这大抵是生命最好的结局吧。

对于老去,她如此坦然,又带着几分顽皮。

二姐是我见过,一直愿意把自己交给"阳春白雪"的人:

有很干净的无利益、利害关系的朋友圈子。很少应酬无聊的饭局。喝茶,数年来一直坚持。阅读,诗词、散文、传记……种类繁多。尽量远离手机,不把时间浪费在无用的社交上。说话,喜用排比句,常能脱口而出。

练习书法,每天必定留出时间,用漂亮的小楷抄写佛经。"这是一种自我专注的方式,也是对心性的调理。"

热爱旅行,但从不盲从。去每个城市,必定会选一条街道的小巷,用脚步丈量、感受脚下每一块砖的厚度,每根垂下的树枝上树叶的摇动,看路灯下的市井烟火,这是属于一个城市自己的温度。

每天第一件事情是整理当天要做的事情,条理清晰。睡前必定冥想,放下一切,方能安然入睡。

说起梦想的生活,她说,是工作到八十岁。

和爱人一起,择一处院子,种很多花,四季皆姹紫嫣红。看草长莺飞,人来人往,每日工作不慌不忙,自己快乐,也给予他人快乐。

如今这个小院已经落成,养了很多花,我想,以后那也将成为我时不时去停靠的地方。

那个说走就走的朋友，是个侠女

去看了一场演唱会，发了一个圈。

听了许茹芸的演唱会，都是青春的痕迹。那些熟悉的老歌，总有一首能砸中你，被回忆填满，泪流满面。

超师太火速留言：你要一直青春啊。

我回：我一直很青春，可以陪你喝雪花，也可以陪你一起勇闯天涯。

其实，这句话应该反过来，那个既能陪我一起喝雪花，又能一起勇闯天涯的人是她。

我人生中所有任性的事情，都是她带我做的。我缺点儿勇敢，也一直不够果断。她是狮子女，随时风风火火，想做的事情马上去做，只有现在、而今、眼下，绝不会有改天、回头、下次。

天生互补！

我俩大学期间是同寝室室友，后来她定居深圳，我在成都。

隔着万水千山，不常见面，但从不曾断了联系。生活琐事、婆媳关系、子女教育、工作进度，好的坏的都日常倾诉。感谢这5G的互联网时代啊！

流水的日子，铁打的朋友。

我给她发微信，去年一年都被琐事排满，居然没有出去长途旅行过。要不要来一趟说走就走的旅行？

她立马回复：好，去哪儿？

其实当时只是随口一说，不过是对眼前日复一日的琐事厌倦和偶生叛逆。

没承想她立即定了去浙江。最美是人间四月的天，一江春水绿如蓝。江南烟雨，一起去看看。正好最近她疯狂迷恋越剧，痴恋陈丽君，喜欢李云霄，小百花剧场一定要去打卡。

我回应好，我也想要去杭州。

她光速订了时间和机票，链接甩给我，留下四个字，赶紧订票。

嗯，不带犹豫的吗？不用再想一想吗？五分钟之内，就定下了五天时间？

好吧，我自己挖的坑，只有自己立马挖土埋上。说走就走吧！

跟她一起旅行无比快乐且幸福。

因为攻略她都会提前做好，我只要安静地做一个不提任何反对意见，当然也不敢提反对意见，乖乖跟着走，完全不用带脑子的小跟班就行。那个日常和家人出行都要事无巨细安排，大到机票酒店，小到毛巾牙刷，生怕自己生不出三头六臂的自己，某一天居然可以当个悄悄跟着走的甩手掌柜，这是想都想不到的幸福。

那几天,我俩一起去了乌镇、南浔、西塘。四月初的江南,时常烟雨蒙蒙,我们看到了白居易笔下的"日出江花红胜火,春来江水绿如蓝",也逛遍了张养浩笔下"一江烟水照晴岚,两岸人家接画檐"的美景。在绍兴沈园感叹陆游和唐婉的爱而不得、不舍、不忘,在鲁迅的雕塑前深深鞠躬,在小百花剧场里看荡气回肠的千古悲剧《梁祝》。

江南忆,最忆是杭州,还有那日西湖夜色中的月光和晚风。

和超师太的感情是如何建立起来的呢?我回想了一下,却没有找到清晰的起点。第一次认识她,是在大一第一次班级见面会自我介绍时,她一头短发,走路带

时光联结

风，T恤牛仔裤，简单干净。作为本地土著，她意气风发、斗志昂扬地说，我高中一直担任班长，未来也希望能够参与班委工作。那架势，舍我其谁。有点像梁羽生笔下的吕四娘，出场就一剑斗双魔。

我默默想，这就是典型的湖南妹陀？

后来在学生会，我们同在实践部，那些年她负责环保板块，我负责义务支教板块。她总是风风火火，大冬天总喜欢穿一件风衣，依然短发，说起话来嗓门很大。

有一次去湘江边做江边垃圾清理环保活动，冬天的湘江边，风刮得刀子似的往脸上拍，她一边喊口号，一边鼓励大家，早点捡完早点回家。她独自冲在最前面，风将她的风衣吹得鼓鼓囊囊，那个背影，挺拔又倔强。

我为何对二十多年前的事情记忆还如此清晰，因为她每隔几年，就会从那台永远不删除文件的电脑里，翻出当年的各种老照片发给我。其中就有我们当年在湘江边捡垃圾的这张照片，一人一个塑料袋，鼓鼓囊囊地装满各种包装纸、五颜六色的饮料瓶。

我一直很疑惑，为什么二十多年过去了，她的那些照片永远不会丢失。

大学时我们一起参加社团活动的照片，毕业时我被她拉着乘绿皮火车一起浪迹天涯去往新疆的照片，毕业以后我们每一次聚会相见的照片，毕业十年我们一起相约西藏朝圣的照片，很多至今我自己都记忆模糊的人和事的照片……

有一天她发过来一张我们大一军训结束时文艺晚会的照片,那时候的我又土又肥,刚剪的短发根根分明地支棱着,脸圆润得仿佛吹胀的气球,像极了一根白白胖胖的萝卜。

二十多年过去了,我居然再一次被提醒—— 嗨,你曾经胖过。我强烈要求她从她的电脑里面删除这张照片,当然,最后是没有得逞的。

我想再过几年,她还得继续晒晒。可是啊,黑历史也是历史,我才不会着急得暴走和不好意思呢。

我们俩从青春懵懂,到如今人生不惑,每一个故事,每一段旅程,都一起走过。我人生的印记,她甚至比我更清楚,那些被记录下来的照片,隔几年她就翻晒几张,提醒我,青春啊,它曾经来过。

她是有点侠气在身上的。

她说她的梦想就是仗剑走天涯,行侠仗义。曾经做梦梦到,家里火灾,她第一个发现,英勇无敌,一个人把全家人一个一个背出了火场。现在人到中年,剑是没有了,闯荡的心也灭了。

我把大冰那段话读给她听:"女侠啊,喂,若你还算年轻,若身旁这个世界不是你想要的,你敢不敢沸腾一下血液,可不可以绑紧鞋带重新上路,敢不敢勇勇一点儿面对自己,去寻觅那些能让自己内心强大的力量?"

她摆烂:"我买一双没有鞋带的鞋。"

可是她的剑怎么会丢失呢?她的鞋子怎么还需要系带

呢？它一直都在啊！

当年那可是一个为爱勇敢的姑娘啊。

大学尾声，她被曾经的高中同学，一个即将成为海军军官的男生用真诚和爱感动，追到了手，不顾两个家庭的差异和未来要做好真的当军嫂的准备，义无反顾奔赴。

那个当年站在台上说一直当班长，理想是自由和在职场搅起风云的侠女吕四娘，在某世界五百强工作两年后，义无反顾辞职，去到驻地做了一个小卖部卖货的随军军嫂。

她在那个小小的海岛，一待就是五年，生女相夫，时间缓慢。

环境从深圳的高楼林立十里洋场，变成了光秃秃的石头和咸湿的海风。身边的朋友每天谈论的从报表、KPI，变成了家长里短。

虽然也有很多的不甘和委屈，但是从未想过放弃。

也时常在电话或者QQ中流露出一丝遗憾，但更多的是对自己选择的坚持和坚定。

她就是这么一个人，既然选择了，就从不回头，只管埋头往前走，一直走，直到黄昏，直到日落，直到没有路，被她走出了一条路。

哎，这是一种我们羡慕而又不得的勇敢啊。

前几天，偶然看了《我的阿勒泰》，我微信告诉她，你看××多好看啊，会骑马还会射箭，笑起来阳光又少年。

她狠狠鄙视我:"请你把妇德两个字刻在脑门上,不要东看西看。要学习我,几十年如一日,眼里只有他最帅。"

随即发来了一张那个当时拐骗她去海岛,现在孩子她爸的照片。她家那位海军大哥现在转业回来成了一名光荣的人民警察,反正我瞄了一眼,也是被生活磨砺得粗糙的中年大叔。

照片发来五秒,她随即撤回。这么好看的照片不能给别人看太久,给你看一眼足够了。

我这一嘴狗粮,吃得猝不及防。

但是,亲爱的,祝福你,这幸福的爱情和婚姻,你值得啊。

如果你生命中爱过一个人,就勇敢去奔赴吧,像她一样。如果你们决定要牵手,万水千山都不是距离,千难万难都只是眼前。请不要轻易放手,更不要轻言放弃。因为时间终究会奖励那些勇敢的人。时间也会惩罚那些胆小和退缩的人,它会把你临阵退缩的对不起变得还不起,又会把很多的还不起变成来不及。

很幸运,我们俩的友情一直不曾被时间和距离打败。

我们相约,不管多久,不管隔了多远,每十年一定要一起单独去一次远方。

毕业十年时,她提前规划了去西藏的路线,依然是定好了行程和时间,丢给我一张攻略表,催着我攒够了年假,出发。

如果不是她，我想无论和谁，我都不敢去拉萨。更何况，那时候工作很忙，还有了两个娃。

她依然是说走就走，一个人背上背包提前坐了火车进藏，去了甘南，看望了当时正在支教的朋友。单枪匹马去到甘南，朋友给的地址她找了半天，一路询问，方才找到了那所学校。

她在那里待了两天，看朋友上课，听朋友讲述当地教育是如何难以开展，但又一直坚持，相信星火终究可以燎原。某一天，学到知识和文化的这些孩子，他们懂得了文明，也知晓了善恶，他们终将会让这个地方成为真正意义上美好的净土。

她说，其实啊，这就是我想要的生活啊。即便做不到，我也想来看看。

嗯，这个世界上，总有人在过着你想要的生活。

那十天，我们在布达拉宫的城墙前一起读仓央嘉措，在酥油灯前虔诚祈祷；在大昭寺洒满阳光的屋顶静静坐着，看人来人往；在林芝的桃花林中，向往三生三世的美好；也在南迦巴瓦峰前对着神圣的雪山双手合十许下愿望……

蓝天、佛塔、玛尼堆和风中的经幡，那是我们一起去过，最美的地方。

我不必等待繁星之夜，不必引颈仰望。

我已将天空置于颈后、手边，和眼皮上。

天空紧捆着我，让我站不稳脚步。

即使最高的山也不比最深的山谷更靠近天空。

任何地方都不比另一个地方拥有更多的天空。

生而为女，我们，要自由，勇敢。

亲爱的，下一次，我们一起，去到哪一个远方？

人生哪有那么多观众

"五一"小长假,窗外阴雨连绵,便对出游这件事儿再也提不起兴趣。和弟弟一家约了不如去西岭雪山下小住,泡泡温泉,尝尝五月的鲜笋。

去的途中,正好经过鹤鸣山,以我浅薄的知识,只能看见写着道教发源地,对这座山倒真的是一点不了解。百度了一下,鹤鸣山是举世公认的中国道教发源地、世界道教朝圣地,被称为"道国仙都""道教祖庭"。索性就在女儿顺顺的要求下,停下车来去看看。

人很少,不同于"五一"期间峨眉、青城的人山人海。将车随意停在了景区门口,下车一看,旁边有一个看似仙风道骨的园子。青青的草坪,雨后正蓬勃地生长着,十几座草棚散落在园子里面,灰色的草,白色的墙,小巧又十分统一。中间一堆石头围成的圈,有篝火燃烧过的痕迹。左侧有一方小小的舞台,原木的柱子,一块白色的帆布上写着:莫将闲事挂心头。园子四周用白色的栅栏围着,栅栏的木条之间缝隙很大,我这身形刚好可以穿过。对于这个园子的好奇,让我很想进去一探究竟,但寻了半天也没找到入口。

忍不住想直接钻进去，但见栅栏上醒目地写着：禁止攀爬。

　　顺顺看着我这一脸想进又守着道德底线不敢冒险的样子问：你是不是很想进去？

　　我盯着她回，我这样子难道还不明显吗？

　　"那你直接钻过去啊，人生哪有那么多观众？"

　　现在的"10后"都活得这么洒脱吗？一句话，让活了四十年的我醍醐灌顶，一脸激动。对啊，哪里有什么敢不敢，只有想不想啊？

　　在顺顺的怂恿下，我立马弯腰钻过栅栏，她也顺势钻了进来，母女俩在园子里溜达了一圈，还顺势围观了一个穿着高跟鞋在园子里奔跑，真的如我们预料那般摔倒了的姑娘。

从园子里出来，我对顺顺说，你现在是个哲学家啊。

顺顺说：第一，我们想做什么不想做什么，只有我们自己在乎，别人哪有空围观你，指指点点你？第二，你想做的事情，当下觉得开心就去做，不然回头还得遗憾外加后悔。第三，过自己的生活，不要当演员。

嗯，这个口才，这个逻辑，我觉得她如果用在写作文当中应该比她妈妈我当年厉害。

果然三人行必有我师，学到老活到老，真的可以保持心理状态的年轻。

似乎成年人已经习惯了对于大多数自己不曾尝试、想要去做的事情，都会反复掂量，再三权衡：别人会怎么想？我这样做到底行不行？会不会有人觉得我这样做不对？万一出丑了怎么办？他们会怎么看我？

在心里反复询问、纠结，仿佛一个因为跌宕剧情能拿到奥斯卡小金人的编剧。

比如，进去看一个园子的花，站上台唱一首歌，在公众场合肆意地笑、勇敢地表达，在某个爬了半天的山顶大声地呐喊，开怀地和许久不见的朋友深情地拥抱……

我们最后的结局大抵都是因为太在乎别人怎么看，用"算了"去解决。

"算了"之后，又有些委屈、遗憾和不甘。

余华说，这种精神内耗说白了就是自己心里的戏太多，言未出，结局已演千百遍；身未动，心中已过万重山。

一个女性，但凡是活在别人的眼光里，总是为难和内耗自己，根本性的解决办法是，不管它。

前几天在地铁上偶遇一个姑娘。人很多，有些许拥挤，她突然拿出一支钢笔和白纸，寥寥几笔，勾勒出前面少年的背影。每抬头看一眼，纸上便生动几分。

那个少年，一定不知道，此刻，他已经成为别人的风景。

但是那位姑娘，一定知道，她正成为很多人的风景。

可是那又怎样呢？这一刻，她觉得这个背影如此美好，也许下一刻，它即将消失，她不想留有遗憾，也不想就此"算了"。

即便被很多人围观又何妨？如何做到"结庐在人境，而无车马喧"？陶渊明给出的答案是"心远地自偏"。

这是一种多么浪漫的勇敢和任性啊。

生活里，我们常常会因为别人对我们的看法而惴惴不安，认为别人"会把我的缺点放大甚至加以嘲讽"。其实人们往往高估了外界对自己的关注程度，在你做了一件你自以为的"蠢事"或"窘事"后，或许并没有那么多人注意到或放在心上。

"假想观众"啊，不过都是自己给自己设定的。

一旦认可了我从没被围观，我想绝大多数人都能够活得更加洒脱。

当我们一旦想通了假想观众其实并不存在时,我们就不再介意自己的选择是否符合主流,是否能让别人欢喜。即便有人偶尔关心一下我婚不婚,生不生,做什么职业,成功与否,高矮胖瘦,无论他谈论时是失望,是疑惑,是羡慕,是不屑,还是嘲笑,于人家而言其实也就是随口一句并不在意的嘲讽或者嫉妒。

还有,你纠结半天,别人说完之后却转眼就忘了。

冯唐说,保持快乐有三大秘诀:无所谓,没必要,不至于。

初读不以为然,此刻竟然深深认同。

杨绛先生在《一百岁感言》里说,我们曾经如此渴望命运的波澜,到最后才发现,人生最曼妙的风景,竟是内心的淡定与从容。我们曾经如此期盼外界的认可,到最后才知道,世界是自己的,与他人毫无关系。

这短短的一生,我们最终都会逝去。

不妨大胆一些,爱一个人,攀一座山,追一个梦。

世界很大，何必以柔克刚

参加一场活动，关于风水与财富的。

开篇点题，老师PPT第一页，问曰：你们家最好的风水是什么？

希希姗姗来迟，且毫不迟疑地坐在了第一个位置，理所当然地要被老师点名第一个回答。

她瞄了一眼题目，"我们家最好的风水，那肯定是我自己"，自信而坚定，伴随着三两声众人皆醉我独醒的笑。

嗯，这很希希。我想到了这必将是她的回答，当然，也不出所料。

不愧是我不离不弃的内卷搭子。

最近很流行一个词，叫搭子。

我和希希认识多年，多久呢？我仔细回忆了一下，可能接近十年。比闺蜜、朋友更深刻的是，我们俩的关系，应该是搭子，坚定不移、牢不可破的内卷搭子。

她是自带光环的女性，这个光环大到成都的大街小巷无人不知，因为那些年，打开汽车广播，无论你调到哪个频道，五分钟之内必将听到她家企业的广告，66776677，我相信每个成都人，都曾经被洗脑，随口能喊出张哥张嫂。

这个洗脑的广告，曾经大学选修过广告学的我，一度认为应该被纳入经典广告案例，放入教科书。如同我们当年课堂学习，必将被老师复盘一次脑白金。

抛去这个光环，可以用四个词总结：身世简单、经历丰富、婚姻良好、事业成功。

这样一个无论从东西南北、前后左右哪个角度来看，都

应该如传统意义上的贵妇，传统剧本里面的日子应该是日常购物、学学艺术、看看展览，间或全球各地晒晒太阳、喂喂鸽子，朋友圈晒晒P得美好到让人嫉妒的非现实主义照片。

她，偏不。

她卷到我每次见面都要回来感叹，比你优秀的人比你更努力，原来近在身旁。

登雪山，走戈壁，做公益，练拳击；随便玩了一下抖音，很快有了数万粉丝的网红博主；坚持学习，就差再考一个博士……

哎，珍爱生命，远离卷王。

希希长相甜美，身材娇小，喜欢笑，笑起来眉眼弯弯，嘴角上翘，甜得像春天的樱桃，远远便能闻到芬芳。

她说自己是个温柔的姑娘。

我用眼角瞟了一眼她，你一定对自己有什么误解，猛女这个词，才是你应该贴的标签。

毕竟你见过哪个柔弱的姑娘，运动爱好是拳击？

别的女性健身都是跑步练腿或者瑜伽塑腰，看起来女人又不会累到。

她标新立异，热爱拳击。

戴着坚硬的拳击手套，腿踢得像李小龙，出手拳拳到肉，快准狠。

她说第一次去练拳击时，教练看了她一眼，鄙视她出拳软得像在打游戏。作为一个土生土长的四川姑娘，她哪里受得了，随即开启了地狱狂练模式，直到某一天，教练作为陪练被她追着满场打，举手投降，依然嘴硬地说，你姿势对了，但力量不够。

每次看她朋友圈练习拳击时的照片，我都一度怀疑，是不是被附身，平时温柔如水的眸子坚定得像面对家仇国恨的复仇者联盟。

哎，生为女人，以柔克刚，何苦内卷？

卷就算了，最近她在谋划，再去某顶级学府读一个硕士，顺便拉上我一起。作为内卷搭子，我属于被动入卷。

我总觉得她应该开创一个门派，名字我都想好了——席卷八荒门。

本门创立，一定千秋万代，一统江湖。

作为一个女拳王和女卷王，学习这事，她当然是标准的三好学生。

当女人爱上学习，就拥有了终身与新鲜事物谈恋爱的能力，恋爱使人永远年轻，按照这个逻辑，所以学习同理，一定是抗衰神器。

男人至死是少年，女人至死在成长。

她做金融，行业知识更新无比迅速，学习必须是要深入到骨髓，伴随终身的事儿。看书、交流、看各种学习软件和视频成了闲暇之余与上下班途中的日常。

当年她们公司在拿到软银中国投资以后，对整个集团高管的要求更高。于是她带头开卷，一边上班，一边挑灯夜战，复习考试，一次上岸，考上了全国顶级财经院校的EMBA。

每次上课，必定坐在第一排，课堂上老师的任何一个知识点都不放过，课后不懂的问题，能问到老师饥肠辘辘。

她是班上做笔记最多，也是最快学以致用的人。

学习归来，她总会把所学核心做成PPT分享给员工。后来不间断地输出，她还顺手办了自己企业的商学院，担任校长。把学习这件事情，不断传递给身边每一个人。

她说"被自己要求高是优秀，被别人要求高是卓越。你自己要求自己是内驱的发展。所以你一定要有向上的一个姿态，持续、向上地发展，我很享受这个过程。"

"Make an impact that matters，我只是希望，我所在的行业，我所带领的团队，我做的每一件事，因我而不同。"

因我而不同——这依然很希希。

如果生活没有给你安排一个白马王子，也许是想给你一匹白马，让你带着自己的梦想，尽情地驰骋。

有些人啊，生来命运的齿轮就偏爱她，比如白马王子和白马，她都兼得了，嗯，有些事情啊，羡慕不来。

她依然卷，持续卷，一直卷。

比如成功企业家的标配是：征服喜马拉雅和穿越茫茫戈壁。

她也去了，穿越戈壁，还是两次。

第一次，参加全国商学院一年一度的戈壁挑战赛，国庆节那一次很不幸，天气弄人，漫天黄沙，目之所及除了风就是沙，能听见的只有自己踉跄的步伐，还有脑袋里面一遍遍放弃还是坚持的两个小人打架。夜间睡帐篷，星空和黄沙相伴，澡当然是没办法洗的，毕竟沙漠的水，是奢侈品。裹着黄沙，携带着脚底的水泡和满身疲惫，入梦。

第二天，精神抖擞，继续上路。

在茫茫戈壁，不能看手机，更没有随时被打断的意外，只能与自己对话。她说，那一次穿越，她重新思考和复盘，仿佛涅槃。

我想，你不是一直在不断涅槃吗，每一岁，每一年，从不曾重复的人生，丰富而又精彩，当然还有每次见面，我都被重新励志一遍的卷。

她的身体，好似安装了一个自动迭代的程序，每过一阵自动更新。

后来她去登雪山了，四姑娘山的幺妹峰，让很多专业人士望而却步，她说凌晨两点出发，步步为营，每一步都有落下悬崖的危险，最后，无限风光在险峰。

她在山顶，留下了一张迎风微笑的照片，背后，日光正好，晕染出一层金色的光。

人生顶级的享受，是把你喜欢的事情做到极致。

行动上要硬，想法上要软，千万别"夜里想了千条路，早起还是卖豆腐"。

费尔南多曾经说:"越过道路的弯,可能有一个池塘,或者一座城堡,也可能仍然是路。"

三月,成都博物馆有一个风华万象的展览,我约了她一起去看。那天还有北京来的佳佳,现在抖音的百万粉丝博主。看完展览,一起在博物馆喝了博物馆下午茶——镇馆之宝石犀牛拉花的咖啡,味道不知道如何,但是文艺范儿很足。一群女人聊起了现在的线上经济、个人IP,最后演变成了一场成都女人和北京女人的思维碰撞,火花四溅。

时隔三天,她告诉我她已经签了合同了,马上开始做个人IP,她做金融的,要在抖音做一个妈妈财商学院,科普一下孩子的财商规划。

这该死的雷厉风行的行动力。

开始起号以后,她亲自操刀创作文案,每条输出的视频都严格把关,一个月就做到了四万粉丝。

对了,她的号名字叫"是希希是妈妈",全网皆有,感兴趣这位席卷八荒门门主是谁的,请自行搜索,顺便记得添加关注。

前几天,希希说,下午她有一场分享,邀我一定参加。关于内容,只字不提,发给我一个H5链接,除了时间地点,还有一张她目光清澈的照片。

那个下午,她穿粉色针织衫、白色长裙,妆容熨帖,齐肩的短发微微卷起。

我笑,今天这么温柔,没穿职场铠甲?

她说，今天是一个女性的聚会，终于可以脱下西服套装，放下每日里盘在脑后的头发。今天，适合柔软。

那天下午的分享，很短。

认识了哪些人，也已经都被层层滤过。只记得她明媚、自信，又娓娓道来地讲述自己的故事，爬雪山，穿沙漠，做公益，还有不断迭代更新的热情和行动力。

她阐述对幸福的理解，还有在生活不断跌宕起伏、惊涛袭来时，如何依然牢牢握准自己的方向，做自己以及爱自己。

万水千山走遍，不改执着、宁静的少年气。

结束时，她突然叫我起来念一首诗，萨堤亚的《爱的法则》

>请你爱我之前先爱你自己
>爱我的同时也爱着你自己
>你若不爱你自己
>你便无法来爱我
>　这是爱的法则
>
>因为
>你不可能给出
>你没有的东西
>你的爱
>只能经由你而流向我

若你是干涸的

我便不能被你滋养

那个下午,我顿悟,世间爱有千万种,而热爱,是最浓烈的一种,对于生活,对于经历,对于未来,对于明天。

只要热爱,女人的一生,将拥有很多个青春期。

如同浪姐三十而悦的开篇词写道:

平凡而后勇

已经踏过了千重浪,

却依然挚爱着,像刀锋一样;

转眼渡过了万重海,依然骑鲸追梦;

请你别担心,

请你别放弃;

清风拂明月,山海有相逢;

离离春风,万物生长;

乘风破浪,别来无恙。

写一个一直不敢写的人

清明前,周末醒来,母亲突然走进我的房间,递给我两张照片,说这是你爸迄今为止留下的最后两张照片了,你看看能不能复原。

我接过,无比沉重。隔着十几年的光阴,层层叠叠地压着心口。

这是两张一寸的证件照,父亲当年从部队回家,换驾照时拍的,那时候,他剪着精神的寸头,穿那个年代常见的藏青色宽大西服,黑色的高领毛衣,是母亲亲手织的。照片上他目光炯炯,仿佛归来便是看得见繁花似锦的未来。

照片经过多年,有些斑驳。我找了朋友,问能否复原。她说,不如你就直接找一个肖像画的艺术家,直接复原成油画吧。

这是父亲离开的第十四年。

顺顺,正好十三岁。父亲走后,我才有了顺顺,他终究是没看见外孙女的出生,心愿未了。

春节回到广安老家,带着两个孩子为父亲上坟。父亲的墓离池塘很近,每年春天,茅草疯了似的生长。每年春节去扫墓,总要穿过那高高的茅草,才能寻到地方。墓碑是当时还在世的幺爷爷亲手刻的。雕刻着的龙凤，经过十几年的风吹日晒，已经失去了原本的颜色。去年春节扫墓留下的香烛，还剩下未燃尽的一截，倔强地矗立着。和这旺盛的茅草一样，证明着，它曾经来过。

这里是父亲的老家，也是我出生的地方，他应该是幸福的，在另一个世界，在自己熟悉的地方落叶归根。每年春节，我们都会回到这里，上坟，上香，是既定的仪式，也不仅仅只是一种仪式。

女儿们每年都陪我，但这种思念，我想她们还并不能共情。

父亲生病那年，我刚大四。

还未离开校园，便不得不自我磨砺，去扛起责任。

大学毕业，在报社上班，还未来得及经历从校园到社会磨合的阵痛，就要扛起家里的责任。住在最小的阁楼，长沙的夏天，热得整夜整夜地睡不着。每周恨不得写最多的稿，有时间就给杂志写专栏，给朋友写广告稿，赚取的每一分稿费都寄回家。

那时候，我真正感觉到自己再也不能靠谁。还没来得及享受几日被人撑伞的保护，便被岁月推着，成了别人的靠山与防火墙。瞬间，长大。

那几年的时光，想起来应该是生命中最沉重的几年吧。累，是日常，但更多的是苦。父亲生病暴躁，总是动不动与照顾她的母亲吵架，三天两头的母亲会打电话给我哭诉。

我无能为力，也只能听着。常常想，熬过去，熬过去就好了。也常常安慰自己，没有什么是过不去的。

人们总是爱把最难堪的情绪、最暴力的语言发泄在最爱的人身上，殊不知，他们也会受伤，也会难过。心本来就不大，装不下那么多的埋怨和怒气。

后来也接了父亲去长沙，看看我工作的地方，去了浏阳河边、岳麓山下、橘子洲头。那时候，父亲的肿瘤已经全身转移，走几步路，便喘气。痛起来，大汗淋漓。在长沙的几天，他大半时间是在床上躺着。

那个时候，手机晚上从不敢关机，更不敢静音，最害怕的是半夜接到电话。

最终还是在某个凌晨，电话响起。那一刻，仿佛等了很久，又似乎能够坦然面对。

我连夜飞回老家，当时报社领导也对我颇多照顾，让我回家好好安顿，至今感激，在我最艰难的几年，遇见了一群日后无论工作还是生活都对我影响深远的领导。

未曾经历过至亲的离开之前，我们每个人其实都害怕谈论生死，直到经历了父亲仙逝，一整套流程做下来，如同人生的磨盘，事无巨细地磨过身、心、灵，终于明白这件人生必经的大事，无须害怕，怕也没用。

只是，我经历得比别人早了很多而已。

本来以为亲人离世或许不过只是一场台风过境，狂风之后便归于宁静，后来才明白那居然是一个旷日持久的雨季。

父亲离开那年，我二十六岁。

如今回想起来，二十六岁前的我，鲜有在父亲的羽翼之下，天真、任性、张狂。出生开始，父亲便在部队，我被母亲扔在外婆家。

第一次见到父亲是在我三岁的时候。

很多人都说，三岁之前是没有记忆的，我却对三岁那年与父亲的第一次见面，深刻而清晰。

那天母亲给我穿了新衣，高高兴兴去赶集。刚到街上，便碰见了一个拎着硕大军绿色包的男人。他们说，那是你的父亲。第一次见面，他的面容，我至今想起，依然模糊。

他伸过手来想要抱我，我迅速挣扎开，扑向母亲的怀抱。我想，我拒绝被一个陌生人拥抱。后来，他给我买了很多东西，回家的路上，母亲坚持让我自己走路，他想要把我扛在肩上，我依然拒绝。后来回家，他从那个大大的袋子里面掏出来很多东西，新衣服、葡萄干……

到了天快黑的时候，我在外面玩后回家，看见他依然还在家，于是跑过去问母亲："天都快黑了，这个人怎么还在我们家不走？"

我疑惑地抬头看着他，那一刻，他的眼睛里面有泪光闪烁。那红了的眼眶，至今四十岁的我，想起来依然无比清晰和刺痛。

我们父女俩的第一次相处，从陌生到我想赶走他开始。

他在家待了一个月，喜欢用胡子扎我，也常常爱把我扛在肩上。这些记忆有些零散，也未曾让我日后想起来，觉得欢喜。

因为，太短暂。

他每三年回一次家，每次一个月，能记得的，又能有多少呢？

也有深刻的，比如初中时，每天天不亮他起床给我做早餐。因为初中时，他终于回到了老家。

我上初中，每天天不亮要起床，他会更早，给我做早餐。

每天早上做早餐时，厨房里总是充斥着他各种跑调但嗓门巨大的歌声。那些当年他军旅生涯的老歌，唱得中气十足，嘹亮酣畅，似乎要把睡梦中的人全都唤醒，迎接这美好的清晨。

灶膛的火光，燎原着他欢快的歌，我想那应该也是他最快乐的几年吧。

而后的岁月，再也没有人，会一边欢快歌唱，一边大清早起床给我做早餐了。

亲人离世之前，你以为爱是很多很多的关怀和浓烈情绪的表达；等他们离开之后才发现，也许爱，可能就是那么几个微小细节的堆叠。

简单，但深刻如烙印。

比如那三年，每天在起床以后他来帮我叠成豆腐块的被子，洗干净以后永远帮我叠得整整齐齐的衣服。

嗯,这些,应该都是我再也得不到的爱了吧。

高中住校,我们便鲜少见面。

他从不骂我,唯一一次对我的教育,让我们一个月不曾说话。

都很倔强,谁也不肯妥协。

那一次是高考结束以后,几个同学约了,去另外一个同学家小聚,十几个也许明天就要各奔东西的同学,一起在他家做饭,晚上在星空下,絮絮叨叨,谁也不肯提前睡下。本来很苦的高中生涯,那也是我唯一一次的任性。提前给他打了电话,我要去同学家,他不同意,说女孩子不能在外过夜,我当没听见,挂了电话。

第二天回到家,便看他怒气冲冲,让我跪下。那是唯一一次,他用如此严厉的口吻和我说话。我愣了半天,随即跪下,但内心并不觉得有错。刚跪下,他随即又不舍,拿来一个垫子说,不要把膝盖跪痛了,我并不买账,也不承认做错。随后,整整一个月,我没和他说过一句话。

父母对孩子的教育,常常会影响他的一生。

日后我人生中的循规蹈矩,也许就是那一次他的严厉造就的吧。

所以,我现在对女儿教育,总是鼓励她们,你觉得开心就去做,你认为对的就去坚持,在不违反道德和法律的条件下,没有那么多冰冷的条条框框需要一定遵守。

父亲最后的几年,会每周给我打电话。内容大同小异,好好工作，好好吃饭，还夹杂着一堆努力奋斗的教育。

有一次，我忙得两周没打电话，也并不知道手机突然停机。他居然查询到了报社的总机，随后总机辗转几个部门找到了我们部门，被办公室通知，你爸让你给家里打个电话。

那一刻，有点社死，电视剧里面才出现的情节，出现在了我的身上。

当时觉得，这个怪脾气的老头儿，真的让我很丢人。而今想来，嗯，依然是我们相处的为数不多的片段里，能够记得的事情。

这些年来，写过很多字，也写过很多他人的故事，但从不敢提及死亡以及父亲。因为，那终将会流自己的眼泪。

有些事情，越不敢谈，越要面对。

毕竟，孤独是每个人最终的终点。

十余年弹指几苍茫，旧亭堂，怎思量。故事音容，皆是梦中殇。

生离死别，我们终将面对以及习惯，又是一年新绿，年年岁岁，如此轮回。

做一个美丽又优秀的姑娘

和两个女儿睡前闲聊。

姐姐问,妈妈你有没有特别想实现的愿望?我立马精神,那必须有,且还有两个愿望。

第一个愿望是:把闺女变闺蜜。

躺在里侧的妹妹轻轻地说了一句:不要做梦。

姐姐呼应道:我觉得玄!

好吧,老母亲一腔高涨的热情并没有就此被打击。

我还有第二个愿望:我希望母凭子贵。你们两个要努力,等我老了以后,决定我有没有勇气跳广场舞去站第一排的就是你俩有没有让我母凭子贵的能力。

妹妹说:那你抓紧练大号,小号还小。

姐姐回答：你怎么会生出这样不切实际的幻想！

好吧，母女的夜谈日常，再次以我的惨败告终。然而并不影响我每天祥林嫂一般念叨，姑娘们，你们要天天向上，发奋图强啊，"母凭子贵"靠你们了。

马上又要到六一了，每年的六一，总会提前问女儿们喜欢什么礼物。也偶尔会写信给她们，用一封书信和笔墨的形式，给她们成长的问候和关爱。

给女儿写过几封信，已经记不清了，但是总有一些东西，我们需要有仪式地把它记录下来。

前几天出差回来已经十点，推开门，以为已经睡着了的妹妹突然睁开眼睛跑来搂着我，说还是有妈妈在家才能睡得更香。

妹妹即将十岁了，是个独立又黏人的娃。最近开始和我探讨一些比较深刻的问题，也会每天将身边发生的事情唠叨给我听。

细细碎碎的光阴里，这些琐碎的相处，皆是美好。

记录一些和妹妹的故事吧，最怕你突然长大，而小时候的故事，我还没来得及留住。

其一，做一个美丽又优秀的姑娘

妹妹四年级，半期考试考得不太好，我接她放学，看得出来她的脸上写满了沮丧。

我牵着她的小手，走在回家的路上，下着小雨，雨点时

不时轻轻拍在脸上,我将伞轻轻偏向她。问她要不要和妈妈谈个话,像朋友一样吐吐槽,抑或只是哭一场?

妹妹的性格有一点佛系,聪明但不刻苦,做任何事情都是"差不多"。优点是从不内耗,对于一切不快乐的事情转头就忘,我一直以为,这样的性格,未来人生的幸福感会很强。

我告诉她,一次的成绩不重要,但是她需要在学习上花更多的时间。

因为你的时间用在哪里，结果就会在哪里。

妹妹突然问我：可是我找不到我努力的目标在哪里？姐姐都有自己的梦想，但是我找了很久也没有找到自己的梦想是什么啊。

这是一个多么深刻的问题啊。

我微笑着告诉她，如果没有找到梦想是什么，那就把梦想定成，做一个美丽又优秀的姑娘吧。毕竟很多女性一生都在为此努力呢。

这个梦想看起来很简单，实现起来其实很难。

首先，我们要清楚的是美丽和漂亮是两回事。

美丽不是好看的皮囊，更重要的是有香气的灵魂，优雅的气质，美好的品格，干净清澈的面容。

从现在开始，你需要养成每天保持干净整齐的习惯，收拾好书包，整理好房间，定期剪指甲，头发不能放学时乱糟糟的，任何时候，哪怕是运动流汗以后，也是干净明媚的。

同时，美丽还得有非常优雅的气质，这份气质最简单的修炼就是腹有诗书气自华。你要保持大量的阅读，那些你看过的文字，与智者跨越时空的对话交流，会像溪水一般流淌，最后汇聚成汪洋，成为你最好看的外衣，胜过灰姑娘那件舞会上闪耀全场的蓝色蓬蓬裙，而且啊，这件外衣还不会在午夜十二点来临前消失。

如何做到优秀呢？我想这个更难。

第一，做任何事情你都得有拼尽全力、做到极致的习惯。绝不后退，也不给自己找借口。

第二，足够自信。相信自己，绝不动摇。我想要做的事情，想要成为的人，就一定可以做到。我们的字典里面，只有"我能行"的肯定句，绝不会出现"我可以吗"的疑问句。比如对待现在的学习。

第三，不害怕，不迷茫。进一步有一步的欢喜。勇敢去尝试，勇敢去犯错，勇敢去追逐，走着走着，你就抵达了你想要的远方。

第四，独立的思考和思想。你有自己的思考和思想，从来不人云亦云。

第五，不半途而废，拒绝一切不彻底。定下了目标，可以付出常人难以付出的勇气与毅力走向它。

第六，保持热爱和好奇。与奔涌向前的时间和猝不及防的更新相处，只能用从容，用热爱，用乐观，用好奇。

第七，大事学会遵守规则，小事学会变通。可以妥协，但是任何时候都不要打破自己的原则。

妹妹问我，我认为谁才是那个又美丽又优秀的姑娘呢？

我想了想回答，如果一个美丽又优秀的姑娘有榜样的话，那一定是民国奇女子林徽因。她不仅美丽，成就更是斐然，她是中国第一位女性建筑学家，也是大家熟悉的作家、诗人。

她的一生是如此的有趣，又光芒万丈。

比如她发现唐代建筑——五台山佛光寺，打破了日本学者"唐代建筑只在日本奈良"的断言；抗战期间，她在颠沛流离中与丈夫共同编撰完成《中国建筑史》；她还是中华人民共和国国徽、人民英雄纪念碑的设计者；她还曾抢救濒于灭绝的景泰蓝工艺。

当然也可以去看看《红楼梦》中的贾府三姑娘探春。她出身卑微却不自轻，清醒通透却不圆滑，做事爽利不推脱，满腹才华不自傲。

从一个庶出的女孩，一路奋斗，一度成为掌权者称赞、下人们不敢惹的三姑娘。她成立诗社,让大观园姐妹们的才华得以发挥;她改革贾府管理,兴利除弊,把大观园管理得井井有条。她从来都是聪颖豁达的,知难而不退、进退也有度的。

每个女性终其一生,不都在努力成为一个美丽又优秀的姑娘吗?如果我们一定要有梦想,这应该是我们的世界里,最宏大的梦想。

冯唐说:"想生个女儿,头发顺长,肉薄心窄,眼神忧郁。牛奶、豆浆、米汤浇灌,一二十年后长成祸水。"

我希望,十年后,二十年后,她终于长成了自己梦想的模样。

成为一个美丽又优秀的姑娘。

其二,快乐,需要有点儿翻篇力

妹妹的翻篇能力,简直是与生俱来的。

她六岁上一年级,懵懵不懂事,第一次考试考得低于预期,回家第一件事情就是还在门口便坦白从宽。

一脸认真地看着我说:"妈妈,你不要生气,我这次没考好,但是没关系,下次我努力就好了。你要是不开心,我可以自己打自己一巴掌,都不需要你来动手。"

嗯,果然是知道自己给自己安排得明明白白的。把我的话都说完了,让我无话可说。

她啊,最懂得不高兴的事情及时翻篇。

已经结束的事情，从不会沉浸其中，反复思量，内耗自己。只往前看，想解决办法，在她的字典里永远没有往事不堪回首，只有一江春水向东流。

其实我们除了病痛，其他所有的痛苦都是自己在情绪上给自己的不放过。

如果不能有及时的翻篇能力，注定会有很多悲观、崩溃、痛苦、迷惘。

妹妹在这一点上，一直是我的老师。

比如她三岁的时候在小区玩，被其他孩子撞倒受过一次严重的伤，额头上缝了三针，我看着那头破血流的样子和医生缝针时在她那细嫩的皮肤上针针皮肉间的拉扯心痛得哭得昏天黑地。她除了开始的时候哭了一会儿，后面一直都很安静，眼泪强忍在眼眶，始终不让它掉下来。

在缝针完毕之后，她小心翼翼地问医生："叔叔我这么乖，这个伤口可以很快长好吧？"

已经造成的损伤该痛就痛吧，忍忍也就过去了，但是这个伤能不能很快恢复十分重要。我们还沉浸在眼前的伤痛中时，她却只关心明天是否能如初。

人啊，所有的治愈都是自愈，而自愈其实不过就是及时翻篇，向前看。

把昨天留给昨天，与当下的伤痛握手言和。

只关心明天的粮食和蔬菜，还有旭日升起时的面朝大海、春暖花开。

对于一个长期喜欢内耗自己、情绪不太稳定的人来说，妹妹是我的老师。

向你学习，妹妹。

其三，我们是彼此的依赖

我一直在想，为什么要把女儿称为小棉袄呢，自从有了妹妹以后，我终于懂了。

前几天"5·21"，寓意我爱你。妹妹学校发了一张卡片，内容是需要母女俩共同填写的。问题皆相同，你最感动的瞬间。

看见这个问题，我都不需要思考就填写了。

我生病时，你总会给我端水拿药，关切地问我好不好。

我有快递时，你骑着你的小车就去给我取回家。

我懒癌发作时，喊你收拾房间，你可以立即收拾得整整齐齐。

我有什么必须完成又怕忘记的事情，叮嘱你一声，你一定会是个称职的闹钟，准时提醒我。

我需要什么东西，喊你一声，你可以立即"闪送"到面前，比如拿拖鞋、毛巾、香水、耳环、冰箱里的雪糕……

你还是我最好的搭子。可以陪我一起看演唱会，懂不懂都积极响应，提供最大的情绪价值。陪我逛街，衣服真丑时，也会认真地提出意见。陪我吃饭，如果家里只有我们俩时，我随便选个地方，你都兴高采烈地当捧场王。陪我一起刷剧，哪怕三更半夜一起看《鬼吹灯》。

当然，我感动的瞬间还有很多很多……

如果需要上下文有个总结的话，我想说，虽然你才九岁多，最感动的瞬间是，你一直都是妈妈的依赖。

我不必做一个全副武装、事事都行的妈妈，我可以动不动就有底气使唤你、依赖你、需要你。

如果有个词叫"妈宝"，很开心，我能做个"娃宝"。

我悄悄看了，妹妹写的感动瞬间的内容。

是每次遇到问题时，我总会非常耐心地陪伴和开导她，不是一味地指责和批评。

但是能让她很快就释怀，然后快速恢复。

比如，友情上遇到问题，我告诉她一切都不强求，朋友是用时间说话的，时间自会告诉你答案。你自己是什么样的人，你才能吸引到什么样的朋友。如果你自己是一束光，你吸引的就是自带光芒的朋友。你不必强求和什么样类型的人做朋友，只需要一直修炼自己。

比如学习上遇到困难偷偷在被子里哭时，我会告诉她，人只有在走上坡路的时候才会觉得难，毕竟我们是在往上爬啊，但是当你一步一步爬上去之后，你也就到了山顶了。如果你现在觉得难，说明你正在上坡，而且越难，说明离山顶越近。

很开心，我也能成为你思想上可以依靠的妈妈。

突然想起这么一个瞬间，她六岁时的儿童节，我给她写

了一封信,信的结尾引用了海桑《写给女儿的诗》:

你不是我的希望,你不是我的财富。

你是你自己的希望,你是未来的财富。

我那些没能实现的梦想还是我的,与你无关,就让它们与你无关吧。

你不妨做一个全新的梦,那梦里,不必有我。

我爱你,我的孩子,我爱你,仅此而已。

六岁的她读完了,突然泪流满面。她说她不喜欢那句"与你无关",也不喜欢"不必有我"。

我懂得了她那一瞬间的眼泪。嗯,母女一场啊,就让我们继续做彼此的依赖吧,直到你青春飞扬,直到我白发苍苍。

世间的爱,大多是为了相聚,只有母亲对孩子的爱,是为了离别。一点一点陪伴她长大,看着她羽翼渐丰,终于独自翱翔,离开母亲所筑好的巢。

亲爱的女儿,再过十年,你该长成怎样的模样?

岁月如歌,你只管浅吟低唱,而我,轻声来和!

蜀女的品格

自古蜀女多情，更多才。

巴蜀大地，曾有很多女性，在浩瀚的历史上，留下过浓墨重彩的一笔。她们独立自主，离经叛道，胆大妄为，任情恣意，胸怀潇洒。她们挥才于笔端，寄情于翰墨，巾帼不让须眉。

且不说众所周知谋家国天下的武则天

秦有巴清富可敌国，成为秦始皇的座上宾

汉有卓文君不畏礼法，为爱私奔

唐有校书薛涛轰轰烈烈姐弟恋，挥洒扫眉才

五代有黄崇嘏，女扮男装酬奇志

明有秦良玉戎马半生，战功封侯……

《蜀女的品格》选取了七位个性鲜明的巴蜀奇女子，通过她们令人敬仰的才情与人品，生动诠释天府文化尊重、包容的女性禀赋。

翻开它，在案牍之间，看见历史长河中，那一群闪耀璀璨光芒的奇女子。

巴清：中国历史上第一位女企业家

在中国历史上，对于女子的记载大多出现在《列女传》里，有一位出生于巴蜀的女子，却被记载在了司马迁所著《史记·货殖列传》中。

《史记·货殖列传》是中国最早的经济史著作，也是中国第一个福布斯富豪榜。

里面记载了春秋战国时期最有影响力的大商人，巴清作为一名女子，和范蠡、子贡、白圭、猗顿、郭纵、乌氏倮等共同被记录在书中。

她也是有文字记载的，我国历史上的第一位女企业家，第一位女首富。

这位奇女子的故事，不仅仅在于财富，更是以一个女商人的身份，成为秦始皇的座上宾，且享受"礼抗万乘"的待遇。这在当时于女性而言，绝无二例。

晚年，秦始皇更是将她接进咸阳宫养老，行君臣之礼。

她死后，秦始皇按她的遗愿，将她的灵柩运回故乡，葬于长寿龙山寨。随后，秦始皇又下令在葬地筑"怀清台"缅怀纪念她，这也是我国历史上第一座名人纪念碑。

在中国历史上，皇帝为表彰一个女子而筑台纪念，是秦始皇的独创,此后罕有类似案例。

当然这只是她看得见的成就,还有对于产业的管理、人才的管理、社会责任的表达,她都在历史上留下了浓墨重彩的一笔。

她的生平,在一本书中被如此叙述——

她是秦始皇的座上宾,是富可敌国的商人,是中国最早的女企业家、军事女首领、化工专家、养生医药的鼻祖,是中国著名的冶炼家、社会活动家、军事指挥家……

每次在史料之中读到巴清,都油然而生出一种不真实的穿越感,总觉得这样一位奇女子,她是不是从现代社会穿越到那个群雄逐鹿又群星闪耀的年代。

我们还是翻开史料,一起来详细了解一下,属于巴清的故事吧。

青年守寡,忠贞不贰

《史记集解》:巴,寡妇之邑,清,其名。战国时代大工商业主,中国乃至世界上最早的女企业家。为秦始皇陵里提供大量水银,因其在政治、军事上的特殊地位被国家奉作上宾。

清,出生于秦代巴郡。

在那个女子最好的归宿便是择一良人,相夫教子,直至终老的年代。清的家庭对她的教导也不例外。

清出身于大户人家，从小便十分聪慧，且胆大善谋。少年时，父亲并未曾因她是女子，而让她只囿于小院。而是特地请来先生，教她读书习字，也懂礼义廉耻，开启心智，又在文字之间，看见广阔世界。

也正是父亲的这一举动，影响了她的一生。

读书习字之后，她便对上古传说十分感兴趣，特别是对传说中的英雄人物兴趣尤浓。那些传说中的英雄，是她仰慕而又渴望的，她想，作为女子，或许也可以有改天换地、造福一方的能力。

待到闺房待嫁时，清已出落成"沉鱼落雁""闭月羞花"之貌，提亲之人络绎不绝。但门当户对，依然是父亲的心愿。

十八岁时，在巫师的撮合下，她嫁给了当地原巴国国姓、巴郡大姓、数世经营丹砂的富贵人家巴家，于是清随夫姓，名叫巴清。

巴家当时富甲一方，主要经营的生意是丹砂。司马迁《史记·货殖列传》在总结秦汉时期各地物产分布时指出，巴蜀多丹砂，"南则巴蜀，巴蜀亦沃野，地饶卮、姜、丹砂、铜器竹木之器。"

巴清丈夫的高祖父曾是医生，采药时偶然发现一个遍地丹砂的丹砂矿，马上筹集资金，雇请工人，开矿提炼。此后，家族实业越做越大，到巴清丈夫这代，已经经营了多座丹砂矿，销售遍及巴郡甚至全国各地。

丹砂，又称朱砂，不仅可以作为颜料，也是提炼汞也就是水银的主要矿物原料。

在中国古代社会，丹砂还是一种极其珍贵的药物，很多豪门贵族都将其用来炼制丹药，以求长生不老。

这门生意，注定富贵。

巴清成婚以后，也曾过了几年夫唱妇随的日子。因从小读书识字，巴蜀之地民风也相对开放，夫家并不曾让她只是拘于后宅，时不时还让她参与到家中生意经营之中。巴清本就聪明，在经营中常常能举一反三，公公和丈夫常常对她赞不绝口。

然而，命运在给予她足够多的风和日丽之时，也在酝酿一场狂风骤雨。没有人真的可以一直被偏爱。

无常，原本才是常态。

巴清二十岁那年，公公因病撒手人寰。从此丈夫在羽翼未丰之时，便扛起了整个家族的责任。因为劳累，也或许其他原因，两年之后，也就是巴清二十二岁那年，丈夫也突然倒下，离开人世。

一夜之间，风云突变。她从一个衣食无忧、天真烂漫的新妇，转眼间便成了寡妇。

这个家庭的顶梁柱一夜之间全部倒下，膝下无子的巴清是幸运的，婆婆愿意放她归家。在思虑再三之后，巴清做了一个极其艰难的决定，此生不再改嫁，替仙逝的丈夫守着巴家的产业，也扛起巴家的家族责任。

要知道，在春秋战国时期，民风开放，寡妇是允许再嫁的。

巴清的这一决定，是何其艰难。因为这一守，便是几十年；这一诺，便是终生不再有男女之情。

那一年，巴清才只有二十二岁，如花般的年纪啊。

随后的几十年，她兢兢业业守住巴家，无愧于心，无愧于诺。她守住了巴家，也守住了贞洁。秦始皇因为对自己的母亲赵姬放荡生活的痛恨，对巴清十分推崇，因此赐予了她"贞妇"的称号。

巴清这一次义无反顾的选择，开启了她在那个时代波澜壮阔又辉煌闪耀的一生。

接管家族生意，大放光彩

在接过家族生意之后，巴清锐意改革，积极进取。不仅扶大厦之将倾，将家族生意扩大到了全国，还拥有了自己的武装，成为秦始皇身边最亲近的红顶商人。

《史记·货殖列传》中记载，当时巴清家族企业员工有上万人，在全国多地设有分部。

我们来看看巴清家族的财富吧，她家鼎盛时期有白银约八亿两。八亿两白银多少钱呢？折合成现在的人民币有一千三百多亿，如果放到今天的富豪排行榜里，也能排进前十名，但这可是在两千多年前，而且她是以一个寡妇身份，将商业版图做到规模如此之大。

在那些碎片化的历史记录中，她都做了哪些事情，才能让自己以女子之力，又偏居西南，能够成就这个强大的商业版图呢？

第一，改进技术，提高生产力

巴清不仅仅是女企业家，她还是女化学家。

好的产品，需要质量上乘。她在全面管理家族生意之后，第一件事情便是组织技术人力，研究开采和提炼技术。提升开采效率，同时也不断改进丹砂的提炼工艺。

在不断地努力之下，凭借炼制的丹砂质量上乘，很快打造品牌效应，使巴地丹砂在各地广负盛名。

先进的工艺，上乘的质量，不断提升的生产力，才是企业运营成功之本。

第二，搭建物流体系，扩张销售渠道

在古代，交通不便，运输是企业经营中很大的成本。

落后的交通条件，不仅仅增加了成本，也限制了产品的外销。

巴清为了获得利润的最大化，让产品走向全国，大胆做了几件事情。她采取多点供给、分散生产的办法，在枳县东南西北临江高地进行多点冶炼，省去成品水银的烦琐搬运，因而大幅度提高了生产效率、增加了产量。

为了扩张销售渠道，她顺长江而下，将丹砂运至中原地区，同时又通过古褒斜道翻越秦岭进入咸阳、长安，以及由水路至巫山罗门峡口，经一百五十公里栈道通大宁河，再北上出川进入秦岭古道，西运蜀国。

从此，一条水上和陆上运输之路建立，巴蜀丹砂销往全国。

第三，知人善用，承担企业社会责任

在内部管理上，巴清一向奖罚分明，刚柔并济；在人事任用上，知人善任，唯才是举。

鼎盛时期，巴清在老家巴州地枳县的宅院就有三千间，家丁仆人有上千人，巴清的私人保镖有两千人。地枳县一共有五万人口，其中巴清家族的仆人、家丁、保镖以及依附者有一万多人，占了全县人口的五分之一。

这样庞大的人口，需要一套良好的管理体系，方能正常运转。巴清不仅为富能仁，在对待员工上，也是自有一套关爱体系。她不仅全力以赴做好员工福利待遇，还在内部建立了员工关爱机制，积极扶贫济困，被乡人奉为"活神仙"。

在个人财富达到鼎盛时，她深知取之于民用之于民之理，积极回馈社会。她在家族财富中拨出专款，用于救助无依无靠的老人和儿童，且指定专人专管。

传说，有一年巴清家乡遭特大冰雹袭击，附近百姓无家可归。巴清拿出巨额银两，安置灾民，帮助他们恢复生产，重建家园。

因为这份仁爱之心，巴清死后的墓地被当地人称为"神仙洞"，并成为人们祈福的祭拜之地。

第四，组建企业武装，发展连锁产业

在那个时代，地方治安混乱，要守住如此庞大的产业，实属不易，面对的困难也可想而知。最常见的便是大小矿的竞争、小偷强盗的骚扰等。为了维护矿区安定，巴清重金聘请精壮劳力，组建了私人武装力量保护自己的企业。此举虽招致族人不满，但矿区得以安稳下来。

司马迁的《史记·货殖列传》中有这样的记载："清，寡妇也，能守其业，用财自卫，不见侵犯。"然而，《秦律》有明文规定：天下兵器，不得私藏。在一个严禁民间私藏兵器的时代，巴清却能拥有庞大的私人武装，这当然源于秦始皇对她的特许。

随着企业不断壮大，巴清开始吞并周围的小作坊，将这些作坊统一归并到巴家版图之中，不久就得到了空前的财富，成为富甲一方的"丹砂女王"。

同时，她建立了连锁经营的概念，在咸阳、长安、中原地区广设经销网点。连锁经营模式，在两千余年前，她便运用自如。这是何等超前的思维！

爱国情怀，仗义疏财

如果说凭着这些现代企业的管理方法，巴清在两千多年前以女人身份开创出了一个家族盛世，让我们感到震撼的话，那么她的谋略和格局则更加令人惊叹。

如果巴清没有遇到秦始皇，那么她可能只是一代地方豪绅，其影响远没有现在这般深远。

在正史中，与秦始皇有关、有身份记载的女性共有三位，除了秦始皇的生母，还有湘水女神和寡妇巴清。三位女性中，巴清是得到褒奖最多的女性。

在她有限的生命里，除去积极扶贫济困，每当这个国家需要民间支持的时候，她都甘愿倾尽所有，将财富用于最该用的地方。

巴清心中始终认为唯有国家更加强大，人民才会安定。国富，则民强。

秦始皇即位后，大将蒙恬率三十万兵卒北逐匈奴。为防匈奴南下，蒙恬又率军加固长城，连接秦、赵、燕三地的旧长城为一体，修筑一条绵延万里的秦长城。

巴清深知这条长城的意义，也深知先有国再有家的道理，毫不犹豫仗义疏财，倾尽积蓄，资助秦朝当时耗资巨大的工程——长城的修建。

这一举动，大丈夫且不一定能为，巴清义无反顾。这是何等的魄力和远见啊！

而她与秦始皇的故事，还在于她深知这位帝王最需要的不仅仅是在世时的风光。

秦始皇一生之中，执着于长生不老。自即位起到去世，常年在骊山北麓为自己修筑陵墓。同时向全天下征集丹砂，以修建自己的陵寝。

巴清得知此事之后，知晓秦始皇是想要通过丹砂提炼水银。在古代，水银的提取难度很大。大约一点二吨丹砂才能够顺利提炼一吨水银，即秦始皇想要一百吨水银，至少需要向天下征集一百二十吨丹砂。

郦道元在《水经注》中记载：秦始皇陵，旁行周回三十余里，上画天文星宿之象，下以水银为四渎百川五岳九州。由此可见，秦始皇陵水银数量之多。

她为了支持秦始皇的皇陵修建，将大半身家都捐了出来，帮助秦始皇开发丹砂矿藏，以一己之力供应秦陵上百吨水银。

她和这位千古一帝，既是战略合作伙伴，又算是惺惺相惜的知己吧。巴清年老之时，秦始皇专程将她接到咸阳，一直到巴清去世，都住在咸阳城中。

翻开千年的历史，我们看见曾经有一位开创华夏统一的千古一帝，也有一位背后默默支持秦始皇的商界奇女子。

他们的人生轨迹，是如此奇妙地交织在一起。

《史记》中的这段话则还原了她那辉煌而又传奇的一生："巴寡妇清，其先得丹穴，而擅其利数世，家亦不訾。清，寡妇也，能守其业，用财自卫，不见侵犯。秦皇帝以为贞妇而客之，为筑怀清台。清穷乡寡妇，礼抗万乘，名显天下，岂非以富邪？"

在那个重农抑商社会背景之下，是多么艰难，又是多么闪耀、多么璀璨的一生啊。

有的人,生来扯鼓摇旗,无畏无惧,傲雪凌霜,热烈绽放。

她们的世界,从无半点犹豫、等待,只有自我追求和期待。

她们追风逐梦,手持烛火,划桨开道,永不搁浅。

有的人,谋爱,谋权。而她,只谋巨富一方,青史留名。

卓文君：为爱私奔，行走的婚姻教科书

世人对文君的理解，大抵都是出自她之口的那句名言"愿得一心人，白首不相离"，也有那与司马相如纠缠不清又缱绻情深的《凤求凰》的爱情故事。

一次邂逅一场缱绻，一次回眸一世牵绊，一次倾情一生相守。

这世间有两情相悦，也有爱而不得，但无论是哪一种，都叫世人欲罢不能。

她为爱痴狂，夜奔司马相如，却也活得清醒，在得知郎君变心之后，一纸诀别书，要与之长诀。

曾经，白茶清欢无别事，她在等风也等你；后来，苦酒折柳今相离，无风无月也无你。

她爱得起，亦放得下，即便尝尽了甜蜜爱情之后的平淡与酸苦，却依然保有温柔，捍卫尊严。

一世情长，两心不忘。她的故事，流传千古，历久弥新。

今天，我们一起来了解，这位被记载为爱私奔的蜀中奇女子——卓文君。

掌上明珠，新妇的悲凉

卓文君，汉代蜀中第一才女，也是蜀中第一美女。

卓家世代经商，到了卓文君的父亲卓王孙这一辈，早已是家财万贯、富可敌国。当时，卓王孙被称为蜀中第一首富。

父亲对文君，是十分宠爱的，自小锦衣玉食，聘名师教导。诗词歌赋，于一个商人之女而言，也是自小学习，加上自己的热爱，早早便有了蜀中才女之称。

生在这样一个家庭，是文君之幸，但到底也养成了一副心比天高又执着倔强的性子。

卓家有钱，可族中无官，在那个时代，商人地位低下，到底是不被外人所敬重。

因此，卓王孙最大的心愿，便是族中有人能做官，又或是能与官家攀上关系。

那年，文君已是待嫁之龄，前来提亲的人络绎不绝。

乡里乡亲早就听说，卓家小女卓文君容貌姣美，人称"蜀中第一美人"。

《西京杂记》里，这样形容过文君的美貌："眉色远望如山，脸际常若芙蓉，皮肤柔滑如脂。"

文君的父亲经过千挑万选，为她与成都一李姓官家子弟定了亲。

那个时候，达官显贵鲜少与商人联姻，卓家认为这是文君的福气，父亲也是心花怒放，甚是满意。

未曾谋面的李家公子，据说也是相貌堂堂。于一个女子而言，父母之命，媒妁之言，文君将对婚姻与爱情全部的想象，寄托在这一份父亲千挑万选的婚姻里。

终于到了出嫁之时，红装红烛，还有少女的期望，在欢天喜地的锣鼓声中，她撩起盖头一角，期待看见幻想了千百次的李家公子的模样。

命运或许总是嫉妒美好。

待到嫁入李家之时，文君才知道李家公子患病多年，身体孱弱。转眼之间，大红的喜服便成了白色的丧服。

没有百转千回的爱恋，也未曾享受半点新婚的快乐。十七岁的年龄，仿佛静止般，停在了一方小院。

才为新妇，又成寡妇。小院之内，文君轻抚箜篌，独自吟唱：

浩浩阴阳移，年命如朝露。

人生忽如寄，寿无金石固。

此刻在悲伤中，她反而变得内心坚定。父母之命固然重要，但是人生一世，活得洒脱自由，跟随内心所想、所爱，方不负此生。

有此想法，文君再三向父亲请求，父亲到底不忍她就此宅在一方院子里，度过余生。经过两家交涉，文君被接回娘家。

再回来，还是那间闺阁，还是慈爱的父母。

文君已经不再是那个愿意被命运摆弄的女儿，也不愿做一枚家族联姻的棋子。

虽为女子，同样可以为自己而活。

为爱勇敢：不负君心破礼教

是命，亦是运。有些遇见，注定。有些成全，或许只能是你内心早已做好了准备。

未曾想到，生命中会有一场这样惊心动魄的相遇。

那一日，卓府觥筹交错，文人雅士聚集，小厮和丫鬟忙里忙外。

轻歌曼舞，高朋满座，席间有一俊秀男子格外引人注目。

他，就是当时小有名气的司马相如。

司马相如，仪表堂堂，原是汉景帝刘启侍从郎官，好读书，学击剑，因慕战国蔺相如为人，故改名相如，后被一些事物牵绊，此刻正待业在家。

司马相如的琴技，早已名满天下。虽不是琴师，却在一曲奏毕后，醉倒过梁王刘武。为此，梁王还将自己心爱的绿绮琴赐给了他。

宴席雅兴至此，众人起哄，皆想一闻司马相如的琴音。

文君悄悄藏于竹帘之后，也想一睹"蜀中第一才子"的风采。一阵风起，竹帘微微掀开。他的目光轻轻落于文君的脸上。

有一种心动，是一眼万年。

她不知道，那一刻他在想什么。只是，她想，他们之间，还会有很长很长躲不开的故事。

琴声响起，一曲《凤求凰》缓缓于他的指尖流出：

> 凤兮凤兮归故乡，遨游四海求其凰。
> 时未遇兮无所将，何悟今兮升斯堂！
> 有艳淑女在闺房，室迩人遐毒我肠。
> 何缘交颈为鸳鸯，胡颉颃兮共翱翔！

琴声悠悠，座上宾客，如痴如醉，帘后的文君，心弦暗动，不禁羞涩地低下了头。

面对这直率、大胆、热烈的表白，她懂了，心也乱了。

不久后，司马相如上门提亲，竟被文君的父亲无情拒绝。一个家徒四壁落魄文人，无官无职，满腹才华又能如何？

知道父亲拒绝了司马相如那一刻，文君落寞地坐在石凳上，她爱的是那个眼神清澈、琴声悠扬、满腹诗书的司马相如，贫穷与暂时的不得志又何妨？

当司马相如托丫鬟找文君私下相见时，文君没有任何犹豫，表明了心意：你似南风知我心，我化痴情沁你心。

既然公子有情，自己有意，那便痛快去爱吧。

那是在汉朝啊，这是一个如何勇敢的女子，才能做到不管世俗眼光如何，这一生的幸福，要牢牢把握在自己手中。

她想过千百种可能，贫穷，唾弃，苦难。

那又怎样？比起当初循规蹈矩嫁给李家，文君更期待，未来和心意相通之人共患难。

文君和司马相如私奔了，趁着夜色，趁着感情炽热，哪怕是做一对贫贱夫妻，布衣素食，只要和爱的人携手共度，余生再苦也是甜："归凤求凰意，寥寥不复闻。"

即便冒天下之大不韪，即便于世俗所不能接受，文君依然无悔。

在出走那一刻，内心无比坚定。

没有了锦衣玉食，布衣素钗，甚至蜗居在简陋的小房子里，文君甘之如饴。

他们俩有说不完的话，有回首一笑便知对方之心的默契。

文君这种冒天下之大不韪的出走，到底惹恼了父亲，导致他们接下来要面对的生活会很艰难。

后来，文君与司马相如，度过了人生中最贫苦的一段时光。

没钱，他们便开了一家酒肆，文君挽起袖子，不惜抛头露面，司马相如放下文人尊严，穿上短衫，当垆卖酒，维持生计。

因为有爱，她不觉辛苦，也不觉艰难。比起豪屋华衫，她更喜欢眼下这种夫唱妇随的简单生活。

父亲也许是看见了文君的决心，最终妥协了，给他们送来奴仆、钱财，算是间接承认了这桩婚事。

数年来，夫妻俩琴瑟和鸣，司马相如写出了《子虚赋》。

后来在有心人的安排下，汉武帝读到了《子虚赋》，召司马相如到京城想看看他的真才实学！相如再次挥笔，《上林赋》应运而生。

由此，埋没多年的相如开始大放光彩。他由此开创了汉代大赋，很快被封为郎，因为有真才实学，相如终于仕途亨通。

两地相隔，文君一直以为的情比金坚，竟然抵不过美人迟暮。

相如邂逅了一位年轻貌美的茂陵女子，忘记了当初的一眼万年，忘记了凤求凰的心意相通，忘记了多年来的琴瑟和鸣：文君研磨，相如执笔；相如持剑，文君抚琴。

相如有了纳妾的念头，给文君来信。

信中只有寥寥几个字：

"一二三四五六七八九十百千万"

一行冰冷的数字，唯独缺"亿"。对她无意，不忆过往。

往事历历，心被撕扯般疼痛，眼泪擦了又干，文君一生不在乎世俗眼光，也不在乎贫穷困苦，在乎的是这个男人是否对她还有心。

罢了,卓文君当年敢为爱私奔,如今就可以因不爱而与君绝。

一个女人,想要一场对等的婚姻,除了势均力敌、志趣相投、三观相符,还需要有拿得起放得下的勇气。

她提笔,泪洒绢帛:

一别之后,二地相悬。

只道是三四月,又谁知五六年。

七弦琴无心弹,八行书无可传。

九连环从中折断,十里长亭望眼欲穿。

百思想,千系念,万般无奈把郎怨。

万语千言说不完,百无聊赖,十依栏杆。

重九登高看孤雁,八月中秋月圆人不圆。

七月半,烧香秉烛问苍天,

六月伏天,人人摇扇我心寒。

五月石榴红似火,偏遇阵阵冷雨浇花端。

四月枇杷未黄,我欲对镜心意乱。

忽匆匆,三月桃花随水转。

飘零零,二月风筝线儿断。

噫,郎呀郎,巴不得下一世,你为女来我做男。

写完这肝肠寸断的一封回信,她仍然不能抒怀,再次执笔,写下了一首《白头吟》:

皑如山上雪,皎若云间月。

> 闻君有两意，故来相决绝。
> 今日斗酒会，明旦沟水头。
> 躞蹀御沟上，沟水东西流。
> 凄凄复凄凄，嫁娶不须啼。
> 愿得一人心，白首不相离。
> 竹竿何袅袅，鱼尾何簁簁。
> 男儿重意气，何用钱刀为？

文君不想大哭大闹，亦没有委曲求全，她恨，也痛，只想告诉司马相如，她还爱着他，她也有自己的尊严。

> 朱弦断，明镜缺，朝露晞，芳时歇，白头吟，伤离别，努力加餐勿念妾，锦水汤汤，与君长诀！

纳妾在当时，本就是男子的权利，相如当时位高权重，本可以三妻四妾。但文君却不能接受。

她要的，从来都是一生一世一双人。

她没有隐忍，却也留有余地。相如收到了信，也知文君的心意。

他到底还是爱着这个月夜私奔，当垆沽酒，他用一曲《凤求凰》表明心意的卓文君吧。

他终究还是在文君如此决绝的坚持下动摇了，最终选择了这份相守之情。

随后多年，相如再也没有动过纳妾的念头。

爱得热烈、勇敢，卓文君能接受婚姻中的贫贱和粗茶淡饭，也经得起七年之痒与偶尔的摩擦，几封书信，如此智慧，打赢了这场婚姻保卫战。

婚姻，善始靠的是缘分与勇气，善终却只能靠智慧。

婚姻经营是门技术活儿，但愿红尘滚滚，所有人皆能，愿得一人心，白首不相离。

皇太后刘娥：从卖唱女到垂帘太后的奇女子

最近这段时间里，古装剧的时代背景就像约好了一样，统统选择了那个风雅的宋朝。

精心的制作演绎下，带火了一大批角色，可要选取一个其中最具传奇色彩的，想来非《大宋宫词》里的刘娥不可了。

从《清平乐》到《大宋宫词》，出身蜀地的刘娥，这位历史上唯一有机会与武则天并肩的女子，不再是《狸猫换太子》里恶毒的形象，呼唤着人们，去查找那存于尺牍的关于她真实人生的记录。

位重权极，清明自持

> 当天圣、明道间，天子富于春秋，母后称制，而内外肃然，纪纲具举，朝政无大缺失。

这是宋史对她携幼子垂帘听政十一载的评价。

或许你会觉得，用这样的语言去评价一位古代女子，显得有些虚高。如果你读了她的故事，就会发现，刘娥，绝对当得起这一句赞美。

世人皆知世界上最早出现的纸币——交子，出于宋朝人之手，却不知批准官方发行的人，便是这位刘太后。

在素来重文轻武的宋朝，能创武举和武举殿试，将科举改进得文武兼备，也得益于刘太后的政治头脑。

只这两件事，对后世影响之大，足以让她流芳千古，甚至是披上黄袍做女皇了。

但她做的却不仅这些。这位刘太后，听政以后第一件大事，就是迅速处理了"天书"事件，下令禁止兴建宫观，遏制了弥漫朝野的迷信狂热。

后又创设谏院，了解下情；澄清吏治，严惩贪吏；重视水利，整治黄河；兴办州学，纪纲具举。她听政的天圣、明道时期，不仅恢复了真宗咸平、景德年间的发展势头，还为仁宗庆历盛事奠定了基础，其中许多举措也成了历代朝治的模板，被后世效仿。

做了这许多的她，其实也不是没有机会成为中国历史上第二位女皇帝。

也曾有人谄媚献上《武后临朝图》，还有人劝她仿照武则天建立"刘氏七庙"。但刘娥，却什么都没有为自己争，哪怕她深知如果自己在当时称帝，其实并无人能阻拦。

当然，一直在朝堂坚强的她，偶尔也会像一个普通柔弱女子那样，想任性一次。明道二年，她病重将死之时，提出了要"穿天子衮服拜见祖宗"。于是，祭拜大典上，顶着压力，身穿改动过的皇太后服制祭拜赵家先人。

这样的任性，似乎是一种询问，询问那些先人，是否认可自己多年的辛苦维持；似乎也是一种宣泄，宣泄自己独自坚强主持大局的压力。而这样无声又震撼的呐喊，终是成为她辉煌人生里唯一一次越界之举。

在生命弥留之际，正如剧里所演绎的那样，她还是在死前换回了皇后的服饰，孑然一身，恭恭敬敬地去见她的先帝了。

伶仃孤苦，卖身王府

这样的成就，或许你会觉得她必定出身高贵，不曾蒙尘，一生幸福，不知人间疾苦吧？

很不巧，事实正相反。入宫前的她日子过得并不风光，甚至可以说是艰难困苦，几经波折：早年曾卖艺街头，后又为生活所迫，被夫君卖了身。

就是这个身着娇娥妆，手批天子注，牢守着赵家的江山社稷，将那天下四海治理得井井有条的女子，也曾经低微得不能再低微。

要说起她前半生的苦难，得从她尚在襁褓算起。

彼时四川一带刚归入宋朝版图不久，局势尚且动荡不安，百姓度日维艰。

此刻的刘娥虽刚出生不久，无奈造化弄人，早早失去了双亲，养在外婆身边，凄凄惨惨长到了十多岁，得了一个

"善播鼗"的名号。再后来生活弥艰，她也不曾怨天尤人，而是决心出门做歌女，卖艺为生，自己养活自己。

生的转机不经意间来临。她终于不用再卖艺街头，而是披上了嫁衣，嫁与蜀地一个名叫龚美的银匠，随后与他一同为生计奔波。

小夫妻二人一路走一路艰难扶持，虽身如浮萍，却也相互依靠，直到来到宋朝的都城——开封，她二人终于被生活打败。

盘缠用尽，谋生不易，即便刘娥肯吃苦，每日靠着自己"善播鼗"（摇拨浪鼓），招揽生意，却还是贫困难当。

万般无奈之下，龚美有了把刘娥卖给富人当妻子的想法，如此一来，两人就都有了活下去的指望。

刘娥深知这是无奈之举，权衡之下，只好同意了这个想法，以期来日。

好在上天终于眷顾了她一次，这一次，刘娥是幸运的。

当时在宋太宗的儿子赵元休（后来的宋真宗赵恒）手下做事的张耆，得知此事后将她买了下来，并进献到了王府。

刘娥虽穿着朴素，但是实在貌美，举止间又有几分其他女子比不上的风情。因为出身低微，她很小就在社会上行走，小小年纪便懂得了察言观色。凭借这些，入了王府的刘娥深受赵元休喜爱。

虽因出身贫寒，暂时还不能得到任何名分，但她终于不用再为吃穿发愁，生活总算是安稳了下来。

举荐旧人，不争不怨

这世上的人，总是共患难容易，同享福难。

刘娥却没有忘记曾经与自己共患难的前夫龚美，甚至并未生出过一丝憎恨之心，反而感慨其是正直可用之人，却不逢贵人，上进无门。

于是，几番运作，龚美来到了王府，成为赵元休的门客。

"树大招风"四个字，确实是古人留下的至理名言。刘娥因为受宠而被赵元休的乳母所嫉恨、诬告。一道圣旨，刘娥，被赶出了王府。

刘娥出了王府之后，一直住在张耆家里。而痴心刘娥的赵元休虽然已经被迫与其他女子成婚，却还是经常跑到张耆家中与她私会。龚美则成为王府的武将，时常跟在赵元休左右。

这样的日子持续了好几年。如果说女子没有名分已经是一种悲哀的话，那么连府门都不能进，便可以说是一种折辱了吧。即便如此，她也没有哭闹，而是默默地、默默地等待着……

直到赵元休继位，曾经被一纸圣旨扫地出门的刘娥，才又被另一道圣旨接到宫中。

可惜出身低微，又一次成了她得到名分的阻碍。但这依然并不影响她得到赵恒（赵元休继位后改的名字）的盛宠，也不足以让她意志消沉、哭天抢地，反而让她感悟颇多，在后宫之中思虑韬晦，权衡盘算。

她像一只蛰伏的蝉一样，等待着属于自己的那个夏天，等待着那个一鸣惊人的时刻。

七年光阴，说起来短，过起来却很漫长。终于，四品美人，成了她晋升的第一步。

养子垂帘，问心无愧

修仪、德妃，刘娥连连受封晋位。她多年的付出终于得到了回报。这一次，她终于可以抬起头，走在阳光下，走在后宫众人面前，用一个堂堂正正的身份，接受一切迟到的礼遇。

感念刘娥是孤女，没有家人的赵恒，让刘娥认下已经是朝廷重臣的龚美为哥哥，并为龚美改名叫刘美，晋封阁门祗候（相当于外交部的侍从官），体面地给了刘娥一个有力的"娘家"依仗。

而几年后，刘娥膝下迎来了一个并非生于自己腹中的孩子。

这个孩子的生母是一个李姓的侍女。虽然生母地位低下，但赵恒的前五个儿子都夭折了，他就成了赵恒那时候唯一的儿子，大宋唯一的继承人。这个孩子就是后来的宋仁宗赵祯。

赵祯从小被养在刘娥身边,过着宠爱有加的日子,被众人呵护着长大,亦不知道自己的生母其实另有其人。这个故事后来被后人编排为《狸猫换太子》的戏码,成为一个家喻户晓的民间故事。

刘娥也母凭子贵,在皇后去世之后,拿到了凤印,做了继后,从一个卖唱女蜕变为全天下最尊贵的女子。

在这期间,龚美也靠着自己的能力得到了皇帝的信任,身居要职高位。

又过了几年,皇帝驾崩,幼子上位,需太后携扶,稳定朝堂。感念刘娥伯乐之恩,龚美自然用心辅佐。朝堂之上的文武百官深知刘娥的才干与德行,自愿追随,并无二心。

自此,刘娥开始了自己垂帘听政的政治生涯,直到生命的最后一刻。

至于她与儿子赵祯的母子生涯,其实也并不似戏文所述的那般不堪。

在她死后,赵祯也得知实情,寻到了死于非命的生母的墓棺,开棺定睛,却发现生母穿着皇太后的冠服,面容在水银的保护下栩栩如生。一句"大娘娘(刘太后)平生分明矣"足够向天下证明她的清白了。

她的一生就此终了,问心无愧地去见她的丈夫了。

其实多年过去了,她早已经变成了一个传奇,成了一个故事。人们最好奇的,大概就是她为什么不称帝了吧。她被后人称为"有吕武之才,无吕武之恶",因为她与吕后不同，虽然她也掌握了皇权，但她深明大义，知道自己的责任和使命，始终为守护赵氏王朝而生。

或许是难排众议，或许是前车之鉴，也或许是她念着赵恒的那份爱。对于她来说，这一生里的大多数时光都是苦涩的，而少有的一丝甜也都是赵恒给的。

她的一生，通透而又从容，抬得起头，也弯得下腰，知人善用，以德报怨，始终无愧于天地，走得坦坦荡荡。她面对荆棘丛生的人生，硬是没有一句怨怼，还在其中，开出了一朵娇艳灿烂的花。

花期虽有限，刘娥的传奇却并未停止，愿我们都能不卑不亢，哪怕身在荆棘丛也要抬起头，做最骄傲的那朵花。

坚守信念，有自己的人生信条和底线，不被欲望挟制，不被权力迷眼，我想这才是刘娥最难能可贵之处吧。

女校书薛涛：姐弟恋鼻祖，
　　道袍了余生的人间清醒

世间安得双全法，不负如来不负卿。

说起唐朝，大多数人想到的都是放浪形骸的李太白，或是春树暮云的杜工部……

其实唐朝之所以叫风流大唐，还因为有薛涛、李冶这样敢爱敢恨的奇女子。

知乎上有一段话，这样总结了薛涛的一生：

论身份：歌妓、清客、女秘书、女诗人。

论容貌：前后迷倒九任四川省省长兼军区司令。

论官职：韦皋省省长的秘书，虽无实际官职，但人皆以"女校书"称之。

论发明：发明了中国第一张彩色纸笺，纸笺染制成有花纹的粉红色，号称"薛涛笺"。

论才华：《锦江集》共五卷，约五百首，流传诗作九十多首。

论书法：受王羲之影响，笔力峻激，书法作品有《陈思王美女篇》。

论交际：和元稹、白居易、杜牧、刘禹锡、李德裕等以诗会友来往甚密。

论感情：四十二岁时与小十一岁的元稹来了一场轰轰烈烈的姐弟恋。

看看这份履历，这是个集美貌、才华于一身，倾倒半个唐朝的女人啊！

梧桐树下，初露锋芒

那年的薛涛才八岁，父亲薛勋在朝里为官，由于为人刚正不阿，敢于说真话，得罪了当时朝中的权贵而被贬谪四川。一家人从长安搬到成都。自此，薛涛便和天府之国结下了不解之缘。

薛涛的父亲薛勋精通音律，博学多识。早在长安的时候，在父亲的熏陶下，小薛涛就对诗词格律烂熟于心。

有一天，薛勋在梧桐树下乘凉，微风吹过，梧桐的树叶沙沙作响，他抬头望见高大的梧桐有感而发，不禁吟诵道："庭除一古桐，耸干入云中。"

而后他对在一旁剪花的小薛涛说："你能续上这首诗吗？"

小薛涛头也不抬地回应父亲："枝迎南北鸟，叶送往来风。"

这后两句诗接得工整之极，却让薛勋喜忧参半。他喜的是女儿的才情不在自己之下，出口成章；他忧的是"南北""往来"两词出于一个八岁女孩之口，是不祥之兆。

事实证明，这一句南来北往，真的昭示着薛涛未来一生的命运，她后来与之斗争过，也低头过，最后终于和解，她泰然自若地过完了一生。

父亲病逝，加入乐籍

在举家搬迁到成都之后，薛涛并没有感到家里条件的变化。比起繁华的长安，她更喜欢成都这座悠闲又烟火繁华的城市。

她在这里度过了一段无忧无虑的时光。

公元782年，薛涛的父亲薛勋奉命出使南诏，不幸在途中感染了瘴疠，命丧黄泉。

家里唯一的顶梁柱倒了，这让薛涛母女的生活一下子变得拮据起来，薛涛不得不出去贩卖字画，帮人家填词赚取微薄的佣金以维持家用。

尽管如此，薛涛母女还是常常过着有了上顿没下顿的日子。无奈之下，在薛涛十六岁那年，她加入乐籍。

命运无常，在不得不弯腰时，她依然有自己的坚持。颇有诗才的她唯一能抗争的是为自己争取到赋诗侍宴的机会，绝不沦为风尘女子。

唐朝之所以够风流，莫过于那些文人墨客在教坊里的寻花问柳，留给了后人无尽的遐想。

谒巫山庙，成校书郎

次年春天，中书令韦皋奉命出任剑南西川节度使，酒宴上，韦皋一眼就被这个十七岁的少女迷住了。

早在长安的时候，他便知道城东有个聪慧的女孩，通音律，晓诗文。

如今十年过去了，他到了剑南，听说蜀中有一乐妓，琴棋书画样样精通。他忍不住想要见一下这个颇为传奇的女子，在为他接风洗尘的酒宴上，他一眼就认出来了薛涛。

酒过三巡，韦皋兴之所至，便提出让场上的众人来一场诗会。唐人的风月，除了酒，还有诗。当纸笔传到薛涛那里时，她抬头看了一眼高高在上的韦皋，两人四目相对，她在韦皋的眼里看到了很多东西，有期待，有鼓励，还有一种赤裸裸的欲望……薛涛颔首，浅浅一笑，这样的男人她见的太多，也迎合过太多……

不过是一盏茶的工夫，那首《谒巫山庙》跃然纸上，呈现到众人眼前：

朝朝夜夜阳台下，为雨为云楚国亡。

惆怅庙前多少柳，春来空斗画眉长。

那可是在唐朝，一首诗，就足以让一个人声名鹊起。

薛涛的诗名在韦皋不遗余力地宣扬下，很快就传遍了巴山蜀水。

她也如愿以偿，从此韦皋府上又多了一位添香的红袖。薛涛不仅有女人的柔美，还才华横溢，洞察世事有与之年龄不相匹配的成熟。在府中的那些日子，韦皋渐渐看到薛涛在诗文上面的天赋，随着接触的增多，他开始让她参与一些案牍工作。

这于薛涛而言，是机遇，也是舞台。她写的公文不仅富于文采，而且细致认真，很少出错。

韦皋如获至宝，常常放心将更多工作交予她。韦皋有一日突发奇想，要向朝廷请旨，拟奏请唐德宗授薛涛以秘书省校书郎官衔，为薛涛申请作"校书郎"。

在唐朝"校书郎"的主要工作是公文撰写和典校藏书，虽然官阶仅为从九品，但这项工作的门槛却很高，按规定，只有进士出身的人才有资格担当此职。大诗人白居易、王昌龄、杜牧等都是从这个职位上做起的，历史上还从来没有哪一个女子担任过"校书郎"。

后来因恪于旧例，到底未能实现，可"女校书"一称却在民间传了开来。

她也是继陆令萱、上官婉儿之后，与诸多男性一起同朝为官的女子。

贞元五年，有人想巴结韦皋，先通过薛涛送来贿银。薛涛照单全收，虽然她不贪图一分一两，将所受贿的钱财全部交予韦皋，但这种做法引起外人的误解，到底还是触怒了韦皋。

这位中唐名臣一气之下，将薛涛发配松州（今四川松潘县），以示惩罚。

走在荒凉的古道上，薛涛不禁想起出使南诏的父亲。一时间百感交集，她写下了动人至极的《十离诗》。

这里挑选了一首《镜离台》分享给大家：

铸泻黄金镜始开，初生三五月裴回。

为遭无限尘蒙蔽，不得华堂上玉台。

川渝烟雨，与徽之书

十首诗，首首都是她卑微地祈求主人的原谅，韦皋在看过《十离诗》后，感动之下，把她召回了成都。

再次归来的薛涛，心境已不复从前。

重回韦皋身边的薛涛，沉下心来，再无任何轻狂之举。她依然是韦皋身边最好的红颜，最得力的"女校书"。

随着薛涛的名声越来越大，许多诗人都慕名前来，争相与她相交，更在诗赋上，以与她唱和为荣。其中颇有名气的如白居易、杜牧、刘禹锡、张籍等人。此外，她还收获了大批粉丝，其中不乏门阀贵族子弟。

她的年华，便在侍酒赋诗的岁月里，蹉跎了一年又一年。每每曲散人尽，面对红烛摇曳，孤寂的薛涛总是将寂寞流于诗中，亦倔强地自比青竹，不肯屈就于现实。

几年后，这个在她前半生无比重要，不知是怕还是爱的男人因病去世。

直到元和四年，又是一个烟雨蒙蒙的三月，她生命中第二个男人出现了。

时任监察御史的大才子元稹奉命出使地方，他很早就听闻蜀中有一个才女，这次前来，他特地约了薛涛在梓州见面。

这世上，真的有所谓"一见钟情"，如果说薛涛对韦皋的那份感情尚有惧怕的存在，那么对元稹，便是情不知所起。

元稹便是薛涛的劫。

在见面后的第二天薛涛就为元稹写下饱含情意的《池上双鸟》：

双栖绿池上，朝去暮飞还。

更忙将雏日，同心莲叶间。

薛涛是勇敢的，元稹这个名满天下的才子，尽管比她小了十一岁，可爱便是爱了，她完全不顾世人的眼光、俗世的门第，飞蛾扑火般投向了元稹的怀抱，爱得热烈而不顾后果。

这场迟来的爱情，给薛涛这汪快要枯竭的甘泉注入了新的活力。他们流连在锦江边上，往返于蜀中青川。

对她来说，那段时光是她这辈子最快乐的时光，和元稹朝夕相处的这些日子，她越发被这个年轻的诗人所吸引。

可是幸福总是短暂的，同年七月，也就是三个月后元稹被调往洛阳任职，他们不得不分开。

分开以后，薛涛日日夜夜都盼着能收到元稹的来信。元稹没有让她失望，很快便寄回来第一封信，尽述相思之苦。

锦书寄相思。在那个通信还不发达的时代，信笺便是寄托感情最好的载体。

她在浣花溪畔，用芙蓉花的汁水将纸染成桃红色，裁成精巧窄笺,她嫌弃平常写诗的纸太大,这种小巧的信笺刚刚够填满她的一首诗,装下她的一腔情。

这便是后来世人最喜欢的薛涛笺。这种寄托她相思的薛涛笺一时洛阳纸贵,风靡整个长安。

《天工开物》提及薛涛制笺的造纸工艺:"四川薛涛笺,亦芙蓉皮为料煮糜,入芙蓉花末汁,或当是薛涛所指,遂留名至今。其美在色不在质料也。"

可惜,元稹本就不羁,后世更是称其为大唐第一渣男,他对于薛涛这一场姐弟之恋,又能专情多久呢?唐朝多才子,才子风流,却也多情。很快,人老珠黄的薛涛就被元稹忘却在了脑后。

她朝思暮想,悲春怀秋,闺房里的哀怨和寄托在信笺上的相思,最终融汇成了一首流传千古的《春望词》:

花开不同赏,花落不同悲。

欲问相思处,花开花落时。

揽草结同心,将以遗知音。

春愁正断绝,春鸟复哀吟。

风花日将老,佳期犹渺渺。

不结同心人,空结同心草。

那堪花满枝,翻作两相思。

玉箸垂朝镜,春风知不知。

浣花溪畔，常伴青灯

寄给元稹的信笺一次又一次石沉大海。薛涛在浣花溪畔苦苦等了十余载，等来的却是元稹娶了小妾，还有与刘采春天下皆知的绯闻。

长庆元年，元稹寄给薛涛一封信，信里是一首七律诗《寄赠薛涛》：

> 锦江滑腻蛾眉秀，幻出文君与薛涛。
> 言语巧偷鹦鹉舌，文章分得凤皇毛。
> 纷纷辞客多停笔，个个公卿欲梦刀。
> 别后相思隔烟水，菖蒲花发五云高。

这首诗的意思如此直接，元稹觉得薛涛才气不凡，的确与自己有过一段露水情缘，也曾想过二人白头偕老。可在官场沉沉浮浮，参悟了很多，与薛涛永无结合可能。

薛涛看到这首诗后悲痛万分，冰雪聪明的薛涛，一看便知其中含义，爱得如此深沉和凄苦，多年的等待终不过是一场红尘被辜负。

那一刻，她终于清醒。"他家本是无情物，一任南飞又北飞。郎心似铁我便抛吧。"

她束起发冠，道袍加身，脱了乐籍，在浣花溪畔建了一座陋室，扎下了根，从此隐居在望江楼中。

不明就里的人看见薛涛还以为她已遁入空门。其实，她不过是退出了人世间的喧嚣，看惯人世间的繁华与无情，道在心中，穿道服和裙装并无任何区别。

831年，五十二岁的元稹在武昌抱病身亡。

一年后，已经过了十七年独居生活的薛涛，也在一片寂静中悄然离世，享年六十四岁。

她从不后悔这一生的所有选择，年少丧父，独自撑起家。凭借才情在职场上闯出了属于自己的一片天，也靠才华赢得了天下美名。她轰轰烈烈爱过，即便结局是被辜负，最后也能明白功名与情爱皆如过眼烟云，最终与自己和解，安然度过余生。

如果还能再来一次，她还是会入乐籍，依旧会爱上元稹。

人这一生啊，最悲哀的是，老去以后回想起来，曾经没有热烈地爱过一场，也未曾为爱勇敢地奔赴一次。

万里桥边女校书，枇杷花里闭门居。扫眉才子知多少，管领春风总不如。

于时代而言，她在星光熠熠的大唐，依然留下了浓墨重彩的一笔。

有人说，大唐有了李白、杜甫、杜牧、白居易才群星闪耀；可在世人看来，大唐如果缺少了薛涛这样的奇女子，会少了多少颜色！

女状元黄崇嘏：男装示人，一生洒脱

古往今来，世上才女何止千万，在深衣长袍的年代里，一腔才情总是被那些男子立下的礼法囿于闺帏之中，慢慢地葬在了时间长河里，没有留下只字片语，再无人记得。

说起这些，作为现代追求独立自主、渴望展示自己的女性，总是感慨颇多。人们可能忽略了有那么一位女子，在千年以前便已经活成了女性的标杆。

从元杂剧《春桃记》到明代文学家、书画家徐渭所编杂剧《女状元辞凰得凤》，从电影、戏曲到电视剧，这些年来，根据她的人生经历改编而成的影视文学作品数不胜数。

她叫黄崇嘏，是生于唐末、卒于五代十国的蜀地才女，《女驸马》的主角冯素珍的原型。她的一生，短暂，却不平凡。

她用自己的强大在男子的官场上开出一朵绚烂的花，在不幸的人生面前活出了自己的底气。

好一出《女驸马》，好一篇锦绣文。世人多赞冯素珍，几人识我黄崇嘏。

其实从来没有什么继母相逼迫，没有什么李郎配情深，不曾走马替科考，亦无皇榜中状元。

属于黄崇嘏的故事，开头很老套，也很狗血。

年幼丧父，家道中落

十二岁的官门独女，突然丧父，人走茶凉只不过是在一夜间。

从家境优越、门庭若市，到仆从尽散、冷冷清清。离开府衙，另寻栖身之处，身边只有自己羸弱的母亲整日以泪洗面，以及一位年迈的老仆尚肯不离不弃。这位闺秀也终是被生活逼得卸了钗环，褪去红装，假借男儿身顶起家中大梁，从此，千金之躯为三餐奔忙。

哪怕只是做小工，也需得识文断字。好在黄崇嘏自幼受教，诗词文章、琴棋书画，无一不通，无一不精。自己的才能，终于成为这个女子唯一的依靠。与母亲相依为命的日子，就这样过了几年。是命该孤单也好，是运本不佳也罢，不幸的事情还是又一次找上了她。

母亲一朝撒手人寰，黄崇嘏成了真正的孤女。这尘寰万千生灵里，再也没有一个与之血脉相连的了。安葬了母亲，安置了老仆。她孑然一身，踏上了四处游历的旅途，倾心于湖光山色间。走的地方越多，知识学问增长越快，眼界也越来越高远。一身儒服，谈吐不俗，怎么看都是一个儒雅俊美的公子，也时常惹人侧目。

她对自己的现状很满意，赚钱、读书、游玩，恬淡、诗意、从容。独立,是她作为一个柔弱女子,生活下去的底气。

塞翁失马焉知非福

接下来发生的一件大事,却让她的人生彻底改变了。

为置办生活用品她从乡下去往县城,恰好路过一个火灾现场。或许是"火井漕"这个籍贯犯了冲,举目无亲友的黄崇嘏,只因为面孔陌生,便被当地人诬陷为纵火犯。

在当时纵火与杀人几乎是同罪的,为了交差不分青红皂白的县官,竟派衙役将她关进牢狱,又押送到州里。如果换成一般的女子,蒙受这不白之冤大概只有哭的份了,可她却选择了沉着自救。向关押她的狱卒说明了自己的冤情,一番表述情真意切,有理有据。狱卒甘愿为她找来纸笔,传递消息。往年游历的过程里,她曾听人提过,那知州周庠是一位体察民情的清官,料定若能当面陈诉,必可洗刷冤屈。

>偶辞幽隐在临邛,
>行止坚贞比涧松。
>何事政清如水镜,
>绊他野鹤向深笼。

这首《下狱贡诗》,随着一封言辞俱佳的自辩书,通过一个狱卒的手,递到了周庠面前。

没有人生来坚强,但当命运把我们推到悬崖边的时候,只有自己才能救自己。自己的储备，是最好的自救武器。

周庠看到自辩书和诗，言辞恳切，字字珠玑，便知此人必定不凡，就当即提审了她，又见此人气度翩翩，镇定自若，尽显斯文从容之态，心中便已知其一二。一番询问下来，黄崇嘏称自己本是有科考资格的"乡贡进士"，一向知书识礼奉公守法，又将事情原委说得清清楚楚，便被判定是无辜蒙冤，放她回家。

出于对周庠的感激，再加上毛遂自荐的想法，回家后黄崇嘏又写了一篇《复献长歌》，献给周庠。一首长歌写的洋洋洒洒，意境深远，词丽韵美，字里行间颇具大志之气，得到了周庠的赏识。先是立刻邀请她来书馆学院，让她与自己的儿子、侄子一起研讨学问，后又举荐她任司户参军一职。只上任一年，勤于政务，兢兢业业，处理事情明达干练的黄崇嘏，就凸显出不凡的政治才能，政绩卓越。一些积压多年的疑难旧案，也都被她审理清楚。同僚和部下对她都十分敬服，当地百姓对这位参军大人也非常爱戴。一个漂泊无依的孤女，终于为自己搏出了一番天地。

忠于自己，缔造传奇

周庠看着自己无意间发现的这匹千里马、青年才俊，声名日渐远扬，便打算近水楼台先得月，主动提出把心爱的女儿嫁给黄崇嘏。

正当周庠全家人等候黄崇嘏遣媒送聘的好消息时，却得到了一封信，信中她委婉辞谢，澄清自己是女子的事实，辞职求隐，并附了一首诗：

一辞拾翠碧江湄，贫守蓬茅但赋诗。

自服蓝衫居郡掾，永抛鸾镜画蛾眉。

立身卓尔青松操，挺志铿然白璧姿。

幕府若容为坦腹，愿天速变作男儿。

周庠这才明白这个自比青松白璧的人，本是女娇娥，不是男儿郎。又是一番深谈，黄崇嘏才将自己的身世全盘托出。

自言本是蜀中州郡长官黄使馆的女儿，无奈家道中落，流落至此。周庠深知她的父亲为官一任，清明廉洁，爱民如子，曾造福一方，心中敬佩万分，又感慨黄崇嘏才貌双绝，洁身自好，便赠上银钱，许她还乡。

主动选择放弃的黄崇嘏如愿得到了自由，带着自己的秘密回到了家乡。着男装，设馆授学，教书育人，一生不曾婚嫁。

直到十几年后，她与世长辞，人们才发现她女扮男装的真相。

生而为女，她凭一己之身，缔造了一个传奇。她或许不像当时的女子那般柔情似水，但却足够风流洒脱。

低谷时足够坚忍，坦然接受人生的考验；风光时能够自持，决然不违自身的原则。

在任何时候，都清楚地知道自己要的是什么，大胆去追求，果断去放弃。有所守，有所求。

知道何时该登场，何时该闪亮，何时该谢幕。不误他人，也不负自己。便是最后倦鸟归来，也不曾忘记自己的坚持。

都说求人，不如求己。

红尘万丈，面对人生的起落风雨，或如浮萍飘摇，或如松柏坚韧，说到底，有所区别的其实都是我们自己。

秦良玉：战功封侯，列入将相列传的女将军

古往今来，有多少能人异士、英雄豪杰，其中也不乏女性。

除了说出"身不修则德不立，德不立而能化成于家者盖寡矣，而况于天下乎"的正统女皇帝武则天，更有名垂青史，"谁说女子不如男"的花木兰。

此外，还有一位女将军，她一生戎马，满腔热血，只为家国河山；她平定叛乱，进京勤王，骨子里刻着"精忠报国"。历经大明四代皇帝，战至生命最后一刻。

她的一生都在征战中度过，不畏生死，一次次带兵征战沙场，为国效力，哪怕知道自己的国家已经是生死垂暮，千疮百孔，她依然坚守到最后。

她叫秦良玉，是我国历史上唯一一位未被记录到《列女传》，而是作为王朝名将被单独立传记载到正史"将相列传"里的女战神。

女子当披甲，率军平叛乱

秦良玉，出生在四川忠州镇郊的鸣玉溪边，家里有两个

哥哥、一个弟弟。

从小父亲便亲自教导她，诗书字画一样不落，还不忘苗家传统，让她跟男儿一样舞枪弄棒、骑马射箭。

父亲曾对她说："你哥哥和弟弟们都远不及你，可惜孩儿你是女流，否则，日后定能封侯夺冠。"秦良玉不以为然，告诉父亲："使儿掌兵柄，夫人城、娘子军不足道也。"她坚信有一天，自己也能披甲挂帅，上阵杀敌。

在择偶方面，秦良玉的眼光甚高，在家人再三催促下，迫不得已想出了"比武招亲"的办法。

秦良玉武艺超群，很多前来比武的男子不出几个回合便败下阵来。正当她想就此作罢时，有一个人出现了。此人是当时石砫宣抚使马千乘，尽管看起来颇有书生气，但比武的过程中，却是丝毫不落下风，大战三百回合之后，依旧难分高低。晚宴时，秦良玉的父亲询问马千乘的志向，他脱口答道：精忠报国，万死不辞！

一句铿锵有力的回答，秦良玉便对他芳心暗许。在第二天的比武过程中，故意失手，败下阵来。

马千乘赢得了比武，秦良玉也找到了自己的如意郎君。

嫁入马家后，马千乘深知秦良玉的能力，让她到军队中一起建言献策，也帮助自己训练军队。这支军队擅长山地作战，因军队多用"白杆枪"而闻名。所谓白杆枪是以结实的白蜡木做成枪杆，上配带刃的钩（可斩可拉），下配坚硬的铁环（类似锤一样的钝击武器）。

后面这支他们夫妻一起训练的军队，被称为"白杆兵"，也是守卫大明王朝令人闻风丧胆的一支雄兵。

1598年，播州宣抚使杨应龙勾结当地九个部落揭竿反叛，所到之处寸草不生。

面对这种烧杀抢掠、无恶不作的反贼，朝廷派遣各方军队合力围剿，而秦良玉和丈夫率领的三千白杆兵也在其中。

这支军队装备精良，还经过长期严格的训练，在每次的战斗中都"如入无人之境"，屡战屡胜。

最艰难时，秦良玉领着五百人，即使面对敌将杨朝栋率领的五千精兵，她也未曾退缩，手下的儿郎们亦然。

一杆白杆枪，一匹桃花马，她就这样冲入了敌阵，枪不离手左挑右刺，东冲西突，杀出了一条血路。她深知自己体力有限，也深知"擒贼先擒王"的道理，早已把目标放在了敌首杨朝栋身上。

在一番快速冲杀后，还未等敌兵反应过来，她便已经到了杨朝栋身边，一杆纵马腾跃，就将他抓在了自己的马背上。

敌军慌了阵脚，秦良玉率军乘胜追击，敌军最终溃不成军，已然大败。

接下来在娄山关，秦良玉更是展现了优秀的作战指挥能力，帮丈夫定下一个巧取的方案，一举攻下娄山关。险关一破，大军攻陷叛军据点播州城，叛军头领杨应龙全家自焚而死，这场叛乱终被彻底平息。

这一战，秦良玉初显锋芒，总督李化龙知道她的战绩后，特命人打造一块牌匾赐予她，上面镌刻着四个大字"女中丈夫"。

首战锋芒毕露，自此以后，秦良玉"女将军"的名号就被广为传颂。

举家抗金，进京勤王

万历四十一年（1613年），对秦良玉来说是悲痛的一年。

丈夫马千乘被奸人所害，含冤入狱，死于狱中。悲痛中的秦良玉，承担了丈夫宣抚使的职责，她深知丈夫的抱负与理想，也知道现在不是懈怠的时候。为了完成和丈夫共同的梦想，她继续训练好白杆兵，管理好地方事务。局势动荡，前方的路是个未知数，唯有手中这支军队，能保一方平安。

时光匆匆流过，转眼到了明神宗万历末年，努尔哈赤公然向大明边境挑衅。明神宗调集八万大军征边应敌，却不料出师不利，八万大军几乎全军覆没。

保家卫国，作为一个领兵之人，当然义不容辞。

已经四十多岁的秦良玉，当下点齐三千白杆兵，带着哥哥、弟弟、儿子一起奔赴战场，北上卫边，保家卫国。

天启元年（1621年），气焰嚣张的金军攻占了重镇沈阳，大哥秦邦屏和弟弟秦民屏率军强渡浑河与其交战，奈何军力悬殊，哥哥身死，弟弟也身陷重围。

听到这个消息的秦良玉，有悲痛，更多的是愤怒。她亲自率领百余名白杆兵杀入重围，救下弟弟，抢回了哥哥的尸体。

这一战，史书上称为浑河之战，白杆兵和浙江兵几乎全部殉国，但他们英勇无比，以一当百，杀敌数千，努尔哈赤惨胜。

史书上说浑河之战是"辽左开战以来第一血战"。

兵部尚书张鹤鸣上奏称："浑河血战，首功数千，实石砫、酉阳二土司功。"

其后，因秦良玉智勇双全，朝廷任命她为把守山海关的土将，金军屡次派重兵前来叩关挑战，秦良玉不为所激，只命部下加固防守，终使金兵无法得逞。一次马祥麟在带兵巡关时，被敌军的流矢射中一目。马祥麟身上有父母之英勇，忍痛拔出了箭镞，援弓搭箭向远处的敌人射去，连发三箭，射死三个敌人，金军将领将大为震惧，从此不敢轻易再来山海关挑衅。

兄亡子伤，秦良玉悲怒交集，于是上书皇帝，陈述了自家军队作战及伤亡情况，熹宗深为感动，下诏赐予秦良玉二品官服，并封为诰命夫人。

荣誉和封赏，丝毫不能抚平秦良玉失去亲人的痛苦。尽管悲痛欲绝，但作为统帅，她知道走上战场那一刻，就注定了会有流血牺牲。收起人后的悲痛，在人前她依然是那个指挥有方、作战勇猛的"女将军"。

乱世之中，没有安稳。

后来，金兵暂时放弃了骚扰边境的举措，秦良玉率部返回石砫，还不曾休养，又恰逢永宁宣抚使崇明起兵叛乱。可笑的是这老贼还派使者前往，想拉拢风头正盛的秦良玉。秦良玉回答他的只有刀兵相见，取了那使者的项上人头。

1622年这一年里，收拾崇明叛乱，攻新都，救成都，成为秦良玉生命的主旋律。

当时朝廷号召土司征讨崇明。大部分土司都被崇明收买，不愿力战。只有秦良玉击鼓响应，誓师西征。崇明久攻不下，叛军士气大跌，被秦良玉奋力一击，落得个大败亏输。

一战而胜后，秦良玉趁势出击，接连收复多个关卡。

当看到成都的市民扶老携幼，纷纷涌上街头，向她致谢，在她走过的路上焚香跪拜时，她才觉得这一切都是值得的。

为了百姓和家国，哪怕有一天马革裹尸，也不过是"如我所愿"。

此后的秦良玉，俨然是四川的定海神针。然而四川之外却是风雨飘摇，外有后金虎视眈眈，内有各地烽烟不断。已经五十多岁的秦良玉，还要到处救火不得安宁。

1629年，皇太极围攻京都。接到"勤王"的圣旨后，她再次披挂上阵，带着麾下的白杆兵，日夜兼程地赶往京师。

就怕晚一天，圣上出现意外，自己成了千古罪人！

底下的弟兄们这个时候已经很久没有发过军饷，原因是朝廷这些年连年征战，早已入不敷出，财库亏空。

此刻，她也没多想，把自己所有的家产全拿出来作为军饷。

还是那支白杆枪，那匹桃花马。她带着白杆兵将士们所过之处，金兵如乌合之众般，皆不是一合之敌。

而麾下的将士们也是以一当十，威猛如虎，敌军落荒而逃。她接着带领军队一路收复涿州、永平，这才解救了京城之围。

随后，秦良玉迎来自己人生的高光时刻，她以一个女子的军功，见到了崇祯皇帝朱由检。朱由检带了大量的锦衣玉帛、金银财宝来犒劳三军，并且还为她写下了四首诗，御笔亲誊，赐给了她：

> 学就四川作阵图，鸳鸯袖里握兵符；
> 由来巾帼甘心受，何必将军是丈夫。

> 蜀锦征袍自剪成，桃花马上请长缨；
> 世间多少奇男子，谁肯沙场万里行。

> 露宿风餐誓不辞，忍将鲜血代胭脂；
> 凯歌马上清平曲，不是昭君出塞时。

凭将箕帚扫匈奴，一派歌声动地呼；

试看他年麟阁上，丹青先画美人图。

这难得的殊荣和至高的荣誉并未让秦良玉迷了双眼。她匆匆拜谢了圣上，未做过多的停留，骑上马背，率兵回到了日思夜想的石砫。

保境战反王，加封忠州侯

彼时的明朝，早已千疮百孔，风雨飘摇，内忧外患。

外有金兵时不时在边境扰民，内有农民军四处揭竿而起。王自用、王胤祥、李自成、张献忠……

在秦良玉勤王三年后，张献忠也看上了天府之国这块沃土，进攻四川。可惜他遇到了自己这一生最大的克星——秦良玉。

1634年，张献忠攻陷夔州，秦良玉再次临危受命，披挂上阵，张献忠早就知道秦良玉的威名，转身就跑，秦良玉紧追不舍。

恰逢此时秦良玉的儿子马祥麟带兵从北京返回四川，母子俩前后夹击，张献忠大败。

这一仗，张献忠被打出了心理阴影，从此以后，听闻"秦良玉"三个字就发怵。

然而，时局动乱，纷争不断。纵使秦良玉满腔碧血，有乱必平，也挽救不了岌岌可危、千疮百孔的大明。

大约五年后，张献忠联合罗汝才，再次造反，剑指四川。

1640年，罗汝才攻打夔州的时候，遭遇了和张献忠同样的命运，被秦良玉率领的白杆兵打得落花流水，连帅旗都被夺走。

此刻，秦良玉并不知道危险已经悄然临近。因为蜀内的精锐军队全被调出，白杆兵成为一支孤军。孤掌难鸣，尽管他们战至最后一刻，结局依然无法改变，秦良玉麾下三万精锐丧失殆尽，白杆兵几乎全军覆没。

十月，张献忠大破官军，渡过长江进军，四川岌岌可危。

救民于水火、荡平天下贼寇乃是秦良玉的宿命。秦良玉一生中，最大的愧疚，便是战至最后也没能保住四川，愧对四川的百姓。

就在张献忠兴兵攻蜀之际，秦良玉再次率军抵挡，可惜寡不敌众，无奈至极。张献忠还是攻下了成都，占领四川全境，作威作福。秦良玉却没有屈服的打算，派兵分守各个隘口，准备死战。张献忠在四川的势力越来越大，四川巡抚却不愿意做出抵抗，而是一味地退让。秦良玉粮草不济，军队也在之前的战斗中折损严重，心有余而力不足。

1644年，大明王朝走到了历史尽头，张献忠在成都称帝，建立了"大西"政权。

张献忠占领成都以后，大肆招降各地的土司，唯独不敢派人来石砫招降秦良玉。

当时秦良玉对部下说:"我的两个兄弟皆为国捐躯,我一个妇人却承蒙国恩二十年,现在不幸到了如此境地,却又怎敢以风烛残年侍奉贼寇呢?如果有想跟随贼寇的,族无赦!"

她年事已高,又无兵粮补给,敌寇已成气候。事已至此,她不得不退回石砫,最后也只能守着石砫那一方净土。

张献忠在攻下四川以后,又直捣湖北襄阳。

此时秦良玉的独子马祥麟正驻守襄阳,他写信给六十七岁的老母亲:"儿誓与襄阳共存亡,愿大人勿以儿安危为念。"

这一战,敌众我寡,独子马祥麟英勇战死。

秦良玉为了大明王朝,付出一生,亲人皆战死,她的兄长、弟弟、儿子、儿媳、侄子也都战死沙场。

英雄,总是孤独而悲凉的。

1646年,远在福建的隆武帝得知此事后,派使者前来,给她加封了太保,同时封忠州侯。

战功封侯,历史上,唯有秦良玉。

然而比起这些虚名,肃清这破败的山河,才是她最为关心的啊。

明朝宗室朱宗藩自称监国忠州,命令秦良玉提供粮草。七十五岁的秦良玉有自己的家国大义,面对反王,不仅不给粮草,同时还派兵攻打。在打退藩王后,于1648年7月10

日，寿终正寝。

这是她，为大明王朝做的最后一件事。

家国天下，大义永存，无论老幼，更不分男女。

秦良玉一生戎马四十余年，足迹遍及长城内外、大江南北、云贵高原、四川盆地，是中国历史上唯一单独载入正史将相列传的巾帼英雄，唯一凭战功封侯的女将军，屈指可数的文武双全的奇女子。

谁说女子不如男？

秦良玉这戎马一生，不求轰轰烈烈，只愿问心无愧。正所谓"巾帼不让须眉，红颜更胜儿郎"。

她，活成了自己的传奇。

状元夫人黄峨：势均力敌，用一生，爱一人

蜀中自古多才女，除了人们耳熟能详的薛涛、卓文君、花蕊夫人等，明代状元杨慎（字升庵）之妻黄峨也是无法绕过的名字。

丈夫已经是大名鼎鼎的状元郎，明朝三大才子之一，黄峨却能凭自己的才情，获得"词工散曲折夫婿"的美誉。

黄峨，明代杰出的女诗人，字秀眉，四川省遂宁市人。

杨慎称其为"女洙泗"（女孔子）。在万历版《杨夫人乐府词余》序中，与解缙、杨慎并称"明代三才子"之一的徐渭在序中称："杨夫人才情甚富，不让易安（李清照）、淑真（朱淑真）。旨趣闲雅，风致翩翩，填词用韵，天然合律。"

耳濡目染，幼年知上进

明弘治十一年，黄峨出生在四川遂宁一个官宦之家。

父亲黄珂，成化二十年举进士，初授农阳知县，由于他吏治精勤，升迁为御史，在京供职。母亲聂氏，为黄梅县尉聂新的女儿，知书识礼，严于家教，她既是黄峨的慈母，又

是黄峨的启蒙老师。

黄峨自幼聪明伶俐，在母亲的教导下，谨守闺训，好学上进，小小年纪便博通经史，不仅书法修养颇深，擅长音律，对于做诗文、填词曲更有着高深的造诣。少女时她在《闺中即事》一诗中写道：

　　金钗笑刺红窗纸，引入梅花一线香；
　　蝼蚁也怜春色早，倒拖花瓣上东墙。

一诗成名后，她的才貌双全传遍京城，很多人常把她比作东汉时的女才子班昭。年少成名的黄峨也成了很多达官显贵公子竞相求娶的对象。

黄峨心中却早已有了自己想要的良婿。这个人便是杨慎，是当朝首辅之子、明代状元，当时的三大才子之一。

一切要源于那一次一眼万年。

正德四年，黄峨的父亲黄珂擢升为右佥都御史，巡抚延绥。

因延绥为明代九个边镇之一，战事频繁，所以家眷仍是留在京城。正德六年春，鞑靼首领亦不剌侵入河套地区，黄峨的父亲黄珂带兵一举击溃入侵者后，派人回京报捷，刚好遇上当朝首辅杨廷和的大儿子杨慎考中状元，明武宗钦赐朝服冠带，授官翰林院修撰。黄珂与杨廷和在朝共事多年，早结为道义之交，两家本是世交，杨慎谢过皇恩，感谢完主考官后，便下帖拜见黄珂。不巧，黄珂当时不在家，趁着门房问话的间隙，黄峨匆匆一瞥他的身影，心中激起层层涟漪，悸动不已。

十二岁的黄峨早就听说杨慎是金榜题名的状元郎，心中非常倾慕。这一眼之后，更是情根暗种。杨慎才满天下，也激励了这位古灵精怪、声名鹊起的才女，更加勤奋地在诗词文章上钻研。

这年秋天，黄峨的父亲黄珂奉调回京，任户部右侍郎，接着升迁为刑部左侍郎。正德九年再升迁为南京右都御史，不久又拜为南京工部尚书。

黄珂虽连连升迁，却有一桩未了的心事：女儿黄峨已到该婚配的年龄，品貌端庄，才名远播，前来求婚的显贵子弟、风流少年络绎不绝。但黄峨一再向父亲表明心迹，心早已交给杨慎，容不下其他人。

杨慎在整个明朝都是泰斗级的才子，如果不知晓杨慎，他的一首《临江仙·滚滚长江东逝水》大家一定听过，电视剧《三国演义》亦将其用作开篇词。

滚滚长江东逝水，浪花淘尽英雄。是非成败转头空。青山依旧在，几度夕阳红。

白发渔樵江渚上，惯看秋月春风。一壶浊酒喜相逢。古今多少事，都付笑谈中。

这样一位名满天下的才子，怎能不成为很多少女心中的向往。

但年长十岁的杨慎，早已有妻室在堂。黄峨心中所念的浪漫爱情，也不过是君生我未生，恨不相逢未嫁时的遗憾。

黄峨心中认定，除非是杨慎，否则宁可孤独终老。她甚至还提出愿意给杨慎作妾，被父亲斥责荒唐才就此作罢。

黄峨初心不改，宁愿待字闺中，吟诗作画，也比随意嫁一个所谓的门当户对的人要强。黄父无奈，父女俩谁都不肯妥协。

在彼此的拉扯中，父亲黄珂时常觉得朝廷腐败，自己年事已高，便辞官携带家眷回到老家遂宁。

冬去春来，在遂宁闺阁之中，黄峨忆及京城旧事，还有求而不得的爱情，遂调动琴弦，弹唱了新作的《玉堂客》，道尽了心中万千思绪：

东风芳草竟芊绵，何处是王孙故园？梦断魂萦人又远，对花枝空忆当年。愁眉不展，望断青楼红苑，合离恨满，这情衷怎生消遣！

随着年岁渐长，门前冷落鞍马稀，她已经过了婚配的最佳年纪。面对亲人们的好言相劝，面对母亲的痛哭流涕，她痴心依旧。

如果不是自己想要的人、坚守的爱，这一生，孤单一人又何妨？

在那些家人催婚、日子荒草般生长的孤独里，她绝不将就，也从未想过妥协，活得清醒又独立。

在遂宁的院子里，她不慌不忙地经营生活，不谈风月，只读诗书，词曲水平突飞猛进，精巧婉约，风致翩翩。

她的词曲广为流传，名气渐渐传回了京城，被誉为"曲中李易安"。

九年光阴，转瞬即逝，她对自己的坚守从不曾后悔，在明朝那样礼教森严的环境里，活得如此洒脱而坚定。

云开雾散，郎情妾意

当黄峨决意终身不嫁时，灰烬中的爱情竟燃起了点点星火。

正德十二年，明武宗终日游乐，不理朝政，杨慎忧国忧民，上疏劝谏，未被采纳，便以"养病"为名，回到了家乡新都。

不久，杨慎的原配夫人王氏病故。次年，杨慎得知品貌端庄、才名远播的黄峨早已倾心自己多年，年过二十尚未许人，感动于这份真心，便征得父亲的同意，遣人做媒。黄、杨二家交谊深厚，门当户对，一说即成。

一腔真心，终未错付，虽然晚，但终究是念念不忘，必有回响。

如此佳人，杨慎深知这份情谊之珍贵，亲往遂宁迎娶黄峨。

那一年，黄峨二十一岁，多年守候，得偿所愿。

婚后，夫妻二人，真正做到了琴瑟和鸣、举案齐眉。

闲来无事，她常和丈夫一起吟诗论文，弹琴作画，切磋砥砺。在杨慎的影响下，黄峨对散曲产生了浓厚的兴趣，她尽情施展才华，与夫君词曲相和。

杨慎这样评价妻子："女洙泗，闺邹鲁，故毛语。"他把黄峨比作孔孟，称赞她不仅是贤惠娇妻，更是女中圣贤。

她关心国事，竭力鼓励杨慎不要因为一时的失意丢掉自己的理想和政治抱负。婚后第二年秋天，当他们观赏了桂湖馨芬娇艳的桂花之后，黄峨便陪同杨慎，告别故乡到京复职。

诗词文学上，他们旗鼓相当，常能心意互通。精神上，她知道丈夫的才华与抱负，在丈夫颓废和低谷时，一直给予鼓励和指导。这样的女子，放到现在社会也是很多人梦寐以求的良妇吧。

夫唱妇随，志趣相投，又彼此欣赏。黄峨在京城成为杨慎的有力内助，夫妻生活倒也惬意。第二年暮春，淫乐无度的明武宗驾崩，因为他没有儿子，便由在安陆州的堂弟朱厚聪继皇帝位，即后来的明世宗。

明世宗登位不久，就想把他亡故的父亲兴献王尊为"皇考"，享祀太庙。这与明朝皇家礼法相违背的决定，遭到了以杨廷和为首的内阁派的竭力反对，争议相持不下。

内心强大，做丈夫最坚实的后盾

明世宗为了提高皇权，扶持自己的势力，便将这次"议大礼"事件作为打击内阁派的机会。

嘉靖三年二月，内阁首辅杨廷和被迫辞职还乡；杨慎接过父亲的志愿，继续请愿。七月，明世宗更肆无忌惮地迫害议礼诸臣，派出锦衣卫将聚众请愿、竭力抗争的杨慎等一百九十人囚入监狱。杨慎作为领头人更是两次受到廷杖，皮开肉绽，最后被谪戍云南永昌卫。

秋风萧瑟，寒气逼人。

杨慎身披囚衣，项系沉重的枷锁，带着被廷杖后的创伤，由解差押送出京城。他从潞河登舟南下，连和家人告别的机会也没有。

黄峨闻此消息，肝肠寸断，悲愤满腔。彼时，黄峨不过26岁，芳华依旧，本可以与他划清界限，另觅良人，保后半生安然无虞。但她义无反顾，急忙收拾行装，带领仆人，赶到渡口，誓与丈夫同生死、共患难。一路舟车劳顿，她处处小心防备，悉心照料夫君，让他渐渐恢复元气。行至江陵，秋风愈加萧瑟，寒风呜咽不止，杨慎实在不忍心再让妻子劳累，劝她踏上归途。

黄峨带着无限悲伤的心情，回到了老家新都，主持家政。

夫妻二人即将离别，他们冒着朔风飞雪，立于江陵古渡，难分难舍，悲泪纵横。黄峨回蜀途中，心潮起伏，难以安定。她情思奔放，一口气写下了《罗江怨·闺情》四首，其一云：

　　空庭月影斜，东方亮也。金鸡惊散枕边蝶。
　　长亭十里、阳关三叠，相思相见何年月？
　　泪流襟上血，愁穿心上结，鸳鸯被冷雕鞍热。

黄峨这首用血和泪写成的散曲，追忆了她与丈夫在江陵惜别的景况和心情，读起来感人至深。

黄峨回到新都，静居榴阁。她强压悲愤，茹苦含辛，孝敬婆婆，教哺子侄，为远谪在外的杨慎操持家务、排难分忧。

川滇相思苦，泣血成《寄夫》

秋更深了。鸿雁传书，难盼归期。

桂湖风雨连绵，桂花摇落，黄峨登上城垣，遥望南天，顿添惆怅。她在家乡新都榴阁，以深沉的思念之情，写下了长为艺林传诵的《黄莺儿》散曲：

积雨酿春寒，看繁花树树残。泥途满眼登临倦。云山几盘，江流几湾，天涯极目空肠断。寄书难，无情征雁，飞不到滇南。

不知归期，前方路漫漫，生死两茫茫。

嘉靖五年杨慎听说父亲杨廷和病重，回家探亲，后杨廷和病愈，黄峨便与丈夫一同去了云南，在云南陪伴杨慎生活了两年多后，杨廷和病逝，夫妻俩料理丧事后，杨慎返滇，黄峨便独自留在新都。

此时黄峨三十一岁，从此夫妻二人天各一方。

他们不知道，这一次离别，就是整整三十年。

暑往寒来，日子匆忙，她怎能不思念千里外的亲人？飞雁不到，锦书难寄，丈夫何年才能被赦归来啊！黄峨声泪俱下，写出了脍炙人口的名篇《寄夫》：

雁飞曾不到衡阳，锦字何由寄永昌。三朝花柳妾薄命，六诏风烟君断肠。

日归日归愁岁暮，其雨其雨怨朝阳。相闻空有刀环约，何日金鸡下夜郎？

远在滇海之涯的杨慎"辞家衣线绽，去国履痕穿"，又何尝不思念黄峨这位贤淑而才情满腹的妻子呢！他接连写了《画眉关忆内》《青蛉行·寄内》《离思行》等诗篇，发出了"易求海上琼枝树，难得阁中锦字书""相思离恨知多少，烦恼凄凉有万千"的哀叹。

在明世宗的严密控制下，杨慎被赦还的机会十分渺茫。黄峨由盼望而失望，最后只有自我安慰了。她在《又寄升庵》一诗中写道：

懒把音书寄日边，别离经岁又经年。

郎君自是无归计，何处青山不杜鹃！

诗中黄峨强压自己长期思念亲人的感情，锦书不传情，你归期不定，这又是怎样一种无奈啊！

深情才女留下千古名篇

这对精神高度契合的才子佳人，面对生活一次又一次的打击，没有就此消沉，而是化作微光，照耀彼此心中的荒芜。

怀着对重聚的期待，杨慎扛下了颠沛流离之苦，他博览群书，完成大量学术著作；游历名山大川，吟咏诗句，创立诗社。他洋洋洒洒写下的诗篇，被称为"三百年来最上乘"。

黄峨也在这段时间写下了很多诗、词、曲，句句缠绵悱恻，流传至今。

这世间，唯有爱会生出无穷的力量，无论路有多远，生活有多难，携手同行的决心，能照亮无尽黑暗中的每一个角落，让彼此在最难的日子里，依然昂首前行。

杨慎在云南流放期间，著书讲学，传播文化，受到了各族人民的爱戴，但为封建统治者所不容。根据明朝的律法，罪犯年满七十即可归休。七十岁白发苍苍的杨慎归蜀不久，又被明世宗的鹰犬抓回云南。他悲愤到极点，不到半年，七十一岁的他含恨死在一座古庙中。

噩耗传来，黄峨悲伤万状，泣不成声。她不惜以花甲之年、羸弱之身，徒步赴云南奔丧。走到泸州，遇上丈夫的灵柩，她仿照南北朝才女刘令娴的《祭夫文》自作哀章，词语凄怆哀婉，闻者无不垂泪。

灵柩运抵新都，家人和亲戚朋友都主张厚葬杨慎。黄峨料到明世宗不会轻易放过死了的丈夫，便力排众议，强忍悲恸，以简单的丧仪装殓了遗体。

不久，明世宗果然派人来查验，众人才理解了黄峨的先见之明。

次年冬天，黄峨将丈夫附葬在新都西郊其祖父杨春墓的左边。

与杨慎相差十岁的她，在丈夫死后的第十年，同样也是在七十一岁时，安然离世。这相隔十年的光阴，她紧赶慢赶，终究是赶上了。

时间，以死亡的形式，在同一个节点静止。情深缘浅，同期归土，是上天对他们最后的怜悯和眷顾。

她在最后实现了与丈夫"生同心，死同穴"的誓愿。半生凄苦，相爱不能相守，可谁又能说她是不幸福的？

真正长久的爱情，往往是不求结果的痴，是不计得失的傻；是打败距离和时间的勇敢，是患难与共的不离不弃；更是心灵相通，共同成长，彼此成为对方的养分、无可替代的光。

黄峨用自己一生的等待、坚守，努力给予和互相滋养的婚姻，书写了她生命中最美好的一首词。

如果要给这首词起个名字的话，应该是"永垂不朽的爱"。